Franziska König

Vom „guten" Geiger zum gloriosen Virtuosen

Journal

Realdoku
aus dem wahren Leben

Zum Gedenken an meine liebe Oma Ella

© November 2022 von Franziska König
Cover: Gemälde von Erika König
Covergestaltung: Franziska König & Agentur Baumfalk Aurich
Herstellung und Verlag: BoD –Books on Demand Norderstedt
ISBN: 9783756889181

Franziska (Kika) mit ihrer Violine – fotografiert von ihrer lieben Freundin Ute Bott aus Rottweil.

„Wenn ich dereinst verstorben bin, so schweigt auch meine Violine!" sagt sie.

Drum bringt Franziska alle vier Wochen ein schlankes bis vollschlankes Taschenbuch heraus.

Erzählt werden Geschichten aus dem wahren Leben, die von erhöhtem Interesse sein dürften.

Jeden vierten Dienstag um 18.05 wird das fertige Manuskript in die Umlaufbahn entsandt.

Die meisten Vorkömmlinge
finden sich im Personenverzeichnis
am Ende des Buches

Hier die Familie vorweg:

Buz (Wolfram), unser Papa (*1938) Professor für
Violine an der Musikhochschule in Trossingen
Rehlein (Erika), unsere Mutter (*1939)
Ming (Iwan), mein Bruder (*1964)
Julchen, Mings neue Liebe (*1983)

Ein Buch ohne Vorwort.
Sie können gleich anfangen zu lesen…

Dezember 2003

Montag, 1. Dezember
Musikhochschulstadt Trossingen

Als ich gestern zu später Stund´ aus dem Wirtshaus „Traube" zurückkehrte, öffnete mein japanischer Flurnachbar kurz und neugierig die Tür, um sie augenblicklich und grußfrei wieder zu schließen, nachdem er gesehen hatte, daß bloß ich es war.

Hernach stieg ich ins Bett und schlief ausgezeichnet. Ich träumte ganze Romane zusammen und befand mich in einem gänzlich anderen Leben. Doch im Wachzustand fehlte mir schlicht der Antrieb, mich auf das Erlebte zu besinnen, und mir die fesselnden Verästelungen des Traumgeschehens ins Hirn zurückzuhämmern.

Ich weiß nur noch, daß wir auf unserem Lebenswege an einem Schulhof vorbeikamen, in dem lauter Halbmohren spielten. „Der Halbmohr ist im Kommen!" erläuterte ich Ming. Eine Vorahnung, daß es eines Tages vielleicht nur noch Halbmohren auf der Welt geben wird, bewehte mich. Doch wär´s der einzige Erdbewohner, so wäre es ja wiederum seltsam, ihn noch als Halbmohr zu bezeichnen?

In diesem Zusammenhang erinnerte ich mich an die Hilde, Mutter zweier Halbmohren. Als ihr Erstling, das süße kleine Yüsslein im November 1999 auf die Welt kam, dachte sie noch froh: „Es wird wohl kaum verwechselt werden, denn mein Baby ist ja ein halber Mohr!" Doch damals kamen in Stuttgart nur halbe Mohren auf der Welt, da es sich in Mohrenkreisen herumgesprochen hatte, daß man sich heutzutage leicht von einer liebeshungrigen Dame durchfüttern lassen kann.

„Sie sind Wachs in unseren Händen!" (wurde erzählt.)

Dics alles dachte ich, während ich noch im Bette lag, und so quasi hilflos miterleben mußte, wie meine Kräfte von Minute zu Minute schwanden.

Dann erhob ich mich aber doch, und verließ das Haus, dieweil ich doch gar nichts zu essen hatte.

Ich trat auf die Straße und überlegte „Links oder rechts?"

Wieder stand ich an einer Weggabelung des Lebens, die schicksalsentscheidend sein könnte, und entschied mich, die Bäckerei aufzusuchen, auch wenn ich mir diese Entscheidung nicht leichtgemacht hatte.

Ich liebe es, wenn das feine Glöckchen an der Türe bimmelt. Erwartungsfroh betrat ich die Bäckerei und kaufte dem so redlichen Fräulein zwei Seelen ab, die ich wenig später vor dem Fernsehbildschirm verspeiste.

Wieder bewahrheiteten sich Worte aus der „Glücksformel": Analog zum Tüchtigkeitspegel sinkt der Freudenpegel. In meinem Gehirn formierten sich Ideen über Putzorgien und zu Erledigendes, doch mein Energieflämmchen glimmte so schwach, daß ich mich bei all den Plänen im übertragenen Sinne so fühlte wie jemand, der sich etwas Großartiges kaufen möchte. Und auch wenn er weiß, daß sich in seinem Börsl bloß mehr ein paar Pfennige befinden, kramt er trotzdem angestrengt und konzentriert darin herum.

Ich besuchte das Autohaus Rieble, weil ich hoffte, man könne mir dort meinen Kilometeranzeiger wieder instand setzen. Dem Hausherrn Thomas Fritsche machte ich ein Kompliment zu jenem paprikaroten Auto, das er mit unlängst aufgeschwatzt hat. Es führe gut, so ich.

„Ha, dös tut mir jetzt richtig gut!" sagte Herr Fritsche, der sich ansonsten fast immer nur Klagen anhören muß. Ich erklärte ihm, daß man einen guten Begleiter am Klavier daran erkennt, daß man hinterher, wenn das Konzert verklungen ist, und man sich wieder auf dem Heimweg befindet, nicht sagen könnte, ob das nun ein Mann oder eine Frau gewesen war. Er hat schlicht nicht gestört, und an meinem Auto störe mich auch nur eine Kleinigkeit. Mir war es peinlich, die Autowerkstatt mit solch einer Lappalie zu behelligen, während Thomas Fritsche schon geahnt hatte, daß das Lämple leider „net unter Garantie stünd'". Da müscht mr tief in die eigene Tasche greifö da müsste man tief in die eigene Tasche greifen, so daß er diese Aufgabe rasch einem Lehrling übertrug und sich ebenso rasch entfernte. Ich erfuhr, daß mich „der Spaß" 80 € kosten würde, und um zwei Uhr solle ich nochmals vorsprechen.

Doch ich verzichtete auf das Lämple, weil man nicht so viel Geld für solch einen Unsinn ausgeben sollte.

Zur Mittagsstund raffte ich mich dazu auf, am See zu joggen. Trossingen als Stadt erinnert mich im übertragenen Sinne immer so an ein Haus von einem Heimwerkerstypus, beispielsweise jenes von Herrn Berke in Aurich, das sich seit Jahrzehnten in unfertigem Zustande befindet. Nach menschlichem Ermessen wird Herr Berke in diesem Leben wohl nicht mehr mit der Arbeit fertig.

Und in Trossingen? Überall Absperrungen, aufgerupfte Straßen, häßliche Häuser an denen umständlich herumgeweißelt wird, so daß sie hernach wirken, wie ein allzu weißer Zahn im Munde eines welken alternden Menschen. Zu weiß um wahr zu sein.

Als ich in der sepia getönten bergenden Dämmerstimmung um den Gaugersee herum lief, fühlte ich mich dankbar, froh und zufrieden

Unterwegs begegnete ich zwei Damen: Einer Wandersfrau und einer Joggerin, und während die Joggerin nur kurz, wie ein Wirbelwind meinen Lebensweg kreuzte, lief die Wandersfrau die ganze Zeit vor mir her.

Und auf dem Heimweg lief die geheimnisvolle Wandersfrau wieder die ganze Zeit vor mir her. Neben ihr hielt ein Autofahrer, der höflich um eine Auskunft bat Doch die Szene nahm groteske Züge an. Die Wandersfrau ging überhaupt nicht auf die Worte des Fragenden ein, und lief stur geradeaus, als sei das Auto mit dem Fahrer unsichtbar. Nun hätte der Herr ja mich fragen können, denn wie

bereitwillig hätte ich dem solchermaßen Gedemütig-
ten Auskunft erteilt! Doch den Fahrer hatte der Mut
verlassen, so daß er *mich* nun behandelte, als sei ich
unsichtbar.

Ob man die hübsche Nicole mal wieder anrufen
sollte? Man denkt´s, und tut´s doch nicht.

Daheim beschmierte ich mir ein Laugenweckle mit
Honig und freute mich auf „Hallo Deutschland" vor.
Wir Zuschauer erfuhren, daß Heinos Tochter
Petra Selbstmord verübt hat. Doch der Heino nahm
den Tod seiner Tochter erstaunlich gefasst auf, und
wird seine Heile-Welt-Tour, die er derzeit auf einem
Dampfer abhält, deswegen nicht unterbrechen.
Ferner erfuhr man, daß König Harald von
Norwegen an Blasenkrebs erkrankt sei, so daß ihn
sein Sohn Haakon nun vertreten muß. Einige der
zahllosen schalen Aufgaben des Vaters hat er bereits
übernommen: Beispielsweise ein Schiff auf den
Namen „Harald" zu taufen.

Am Abend rief ich die Hilde an, doch ich telefonierte sehr geistesabwesend und hatte mir mit der
Hilde gar nichts Rechtes zu sagen, da ich währenddessen in meinem Elektronotizbücherl „blätterte",
und von einem Schrecken durchzuckt worden war,
ein wichtiges Konzert einfach vergessen zu haben.
Doch die Durchzuckung erwies sich im Nachhinein
als überflüssig, da dieses Konzert erst im nächsten

Jahr stattfindet. Und doch ebbte der Schreck nur schleppend ab.

Dann rief mich Rehlein an. Rehlein jammerte über meinen Schaukelstuhl vom Sperrmüll, an welchem Buz sich bereits für zirka 250 € (Rehleins Lohn für Näharbeiten) Löcher in seine Beinkleider gerupft habe.

Dienstag, 2. Dezember

Sonnig.
Dann mattete der Himmel wieder ab,
und wurde von Wolkenschwaden durchzogen

Wieder wurde ich in der Nacht sehr von meinem eruptiven Katarrh gepeinigt.

Als ich am Morgen zum Fenster hinblinzelte, herrschte so ein wahnwitzig schönes Wetter. Ein Wetter, das es in dieser Form nur in der häßlichen Stadt Trossingen gibt. Buz einst: „Daß sich eine so häßliche Stadt unter ein so schönes Wetter zwängt? Kaum zu glauben!"

Mein Schlafzimmer wurde in den überirdisch schönen Glanz flüssigen Goldes getunkt. Ein Erlebnis, das man ansonsten nur aus Nahtoderfahrungsschilderungen zu kennen glaubt.

In der oberen Apotheke hat es den chinesischen Heiltee, von dem ich mir eine Linderung meines Leidens erhofft hatte, nicht gegeben.

„Gar nicht?" frug ich hilflos, nachdem der Apotheker doch klar und deutlich gesagt hatte, daß es den nicht gäbe. [„Und wenn Sie sich noch so sehr auf den Kopf stellen!"]←Nein, dies hatte er natürlich nur ge*dacht*. Und so besuchte ich eben den Bioladen, um mich hernach an meinen Einkäufen zu laben. Der Bioverkäufer Gerald hat sich gar nicht gefreut, mich nach so langer Zeit wiederzusehen. Mehr noch - er schien mich total vergessen zu haben.

Daheim schrieb ich an mehreren Briefen herum, auch wenn mein Geistespegel, dem beginnenden Auramangel geschuldet, nun rapide absank. Allen schrieb ich von Omas Exitus, wobei ich nicht wußte, ob jene Passagen, über das Strapsband zum Jenseits, die ich mir ausgedacht hatte, überhaupt pietätvoll sind.

In meinem kleinen roten Schuftbuch hatte ich Namen von Leuten eingetragen, die mir in meinen alten Tagebüchern begegnet sind, oder einfach meine Sinne durchzogen haben. Vom Verstauben bedrohte Bekanntschaften, die man dringend wachbusseln sollte, und dauernd fing ich neue Briefe an und arbeitete nach der Geigenbauermethode:

Der kluge Geigenbauer beginnt ständig mit der Arbeit an einer neuen Violine, und hängt die bleichen noch unbelebten Geigenkorpüsse nach Art von Wäschestücken an eine Leine. Doch jede Geige ist einen Tick weiter als die hinter ihr hängende, und gegen Ende werden die Geigen rapide nacheinander fertig.

Und auch bei mir wurden drei meiner Briefe fertig: An Herrn Heike, und meine Freundinnen Elfie und Simone. Doch abgesandt habe ich sie bislang nicht.

Als ich das Haus verließ, kollidierte mein „Aus der Türe treten" mit meinem Flurnachbarn, dem Posaunenbläser Hikaru. „Hallo" sagte ich etwas zurückhaltend und – wie hier zu sehen – ohne Ausrufungszeichen, doch der Hikaru nickte überhaupt nur ganz kurz angebunden und entfernte sich eilig. Die Gesellschaft in Trossingen ist zutiefst gespalten, da viele Musiker einen Kleinkrieg gegeneinander führen. Waffen, die nichts kosten, und doch tief in die Seele einschneiden: Kränkende Ignorierungen oder aber kleine Bosheiten hinter dem Rücken des Feindes anzuzetteln.

Später spürte ich dies erneut, als ich am Nachmittag zu Aldi strebte: Unter mir hörte ich, wie der Komiker Frank G. das Haus verließ, so daß ich mich gleich totstellte, bis er ganz weg war. Vom Flurfenster oben hat man noch auf seine blank polierte Hochglanzglatze draufschauen können.

Dies alles, weil man sich die ölige falsche Freundlichkeit im Vorübergehen ersparen möchte.

Auf dem Wege zu Aldi kam ich an verschiedenen Erinnerungsfixpunkten vorbei. Z.B. der Christian Messner- Straße, wo Frau Reimers Schüler Johannes

P. lebt, der einmal eine große Geburtstagsparty schmiss, zu dem er sich das Rektorenehepaar Reimer geladen hatte, mit dem er sich vor seinen Kommilitonen schmückte.

Von meinem Freund Xie erfuhr ich dann, daß sich Herr Reimer an diesem Abend sinnlos betrunken hat, und in der Folge zotige Witze riss, die ihm in nüchternem Zustand die Schamesröte ins Gesicht getrieben hätten. Und dies vor den Ohren der Damen!

Die Reimers habe ich lange nicht gesehen, und weiß soomit nicht, was aus ihnen geworden ist. Ob die süppelige Frau Reichenberg noch als Sekretärin im Rektoramt tätig ist? Ich stellte mir vor, *wie ich dem Rektorenehepaar begegne, und auf Art von der Christiane in Aurich sage: „Hääää!?!?!?! Ihr seid **immer noch** da?? Ihr müsst doch Mitte siebzig sein?!“*

Am Nachmittag schaltete ich den Pfarrer Fliege ein. Die abscheuliche Titelmelodie seiner Sendung sitzt mir einfach abrufbereit im Hirn, und dabei sollte man sie auf die CD „Musik zum kotzen" draufbrennen.

Eine alte Frau sollte nach 52 Jahren ihren Sohn wiedersehen, den sie einst als wenige Wochen altes Baby in einem Säuglingsheim zurücklassen mußte. Der Pfarrer Fliege schwätzte wieder so viel, und dabei war ich doch so auf das Wiedersehen gespannt. Doch zuvor lernten wir noch die vier Halbgeschwister des Sohnes kennen, und erfuhren, daß sein verstorbener Vater ein sehr warmherziger Mensch gewesen sei.

Dann standen sich Mutter und Sohn gegenüber und fielen einander in die Arme.

„Dieser Moment gehört ihnen allein…" sülzte der Geistliche…

Dann war´s aber auch schon bald dunkel. Stellvertretend für den Hikaru nebenan nervte es mich, daß ich immer so sporadisch wie aus dem Nichts heraus aufübe, und kein System in meinem Tagesablauf zu erkennen ist. Ich übe nämlich dann, wenn ich es ausgelost habe, statt die Arbeit, so wie es löblich wäre, in *einem* Schwung zu erledigen und abzuhaken wie ein normaler Mensch, und dann endlich Ruhe zu geben.

Am Abend rief mich Rehlein so nett an. Es lag in den Lüften, daß heut Mann und Sohn nach Hause kämen. Buz hatte Rehlein aus London angerufen, und überglücklich verkündet, daß er erster Klasse fliegen durfte. Buz war begeistert, weil ihn die Fluggesellschaft einfach dazu eingeladen hat, und dies aus dem einzigen Grunde, weil er so nett sei! Etwas, das mittlerweile groß in Mode ist: Die Flugesellschaft sucht sich ihren nettesten Kunden aus, und lädt ihn ein, erster Klasse zu fliegen. Auf diese Weise geben sich die Kunden alle große Mühe, der netteste Kunde zu werden.

Ming wiederum habe aus Amsterdam angerufen, und sein Kommen angekündigt, berichtete Rehlein in großer Vorfreude.

Später rief Rehlein nochmals an, um zu berichten, daß Herr Herberger am Samstag verstorben sei. Er habe verfügt, daß man um seine Beerdigung kein Aufheben machen möge, und außerdem vermachte er sich selber der Anatomie. Ich war so traurig, daß ich fast weinte, zumal mich die bestürzende Nachricht beim Hören der schönen Brahms Symphonien ereilte.

Abends wollte ich duschen, doch leider schien mein Duschschlauch durch Buzens unkundiges Duschen unbrauchbar geworden zu sein, so daß es aus dem verzwirbelten Schlauch heraus nässte und trülte, während der Duschkopf selber nur noch schlappe Rinnsäle absonderte.

Vor dem Bettgang las ich in der „Glücksformel", daß Singeltum sehr ungesund sei und unglücklich mache.

Mittwoch, 3. Dezember

Sehr neblig

Wegen meinem hartnäckigen Husten bekomme ich manchmal leichte Erstickungsanfälle, denen zufolge ich ähnelnd dem Opa kurz vor seinem Exitus laut aufröchelnd um mein Leben kämpfen muß.

Nach meinem allmorgendlichen Besuch in der Bäckerei besuchte ich den Zeitschriftenladen gegenüber vom „Bären".

„Vier €uro!" sagte die normalerweise sehr nette Verkäuferin ganz ungeduldig und fast schroff zu einem älteren Herrn, der offenbar nicht mehr so gut hörte. Aber auch dem nächsten Kunden gegenüber gab sie sich kühl und verschlossen wie eine Auster. Es handelte sich um einen Professor unter einer russischen Pelzmütze. Wahrscheinlich war sie der vielen Ausländer, die kein Deutsch sprechen über- drüssig geworden, so wie ich es mittlerweile auch bin. Doch der entwurzelte alte Mann dauerte mich.

Zu mir war die Tresendame wiederum gewohnt höflich. Ich bekam einen Adventskalender geschenkt, auf dem das Trossinger Rathaus abgebildet war. Die Buchstaben in den Fenstern ergeben zusammen ein Lösungswort, das man auf eine Postkarte schreiben muß. Bis jetzt bildeten sich die Buchstaben „TRO" , so daß den Kandidaten bereits eine Ahnung beschleicht. Interessant wäre es, wenn derjenige, dessen Postkarte mit dem richtigen Lösungswort gezogen wird, der neue Bürgermeister von Trossingen werden dürfte.

Im Mittagsmagazin konnte man heut einen ersten Blick auf Armin Meiwes, den Menschenfresser von Rotenburg werfen, dem heut der Prozess eröffnet wurde. Er lächelte freundlich und gewinnend, wie ein Konzertpianist, der die Bühne betritt.

Einmal schrillte das Telefon, und ich hatte schon geahnt, daß es Buz ist. „Ich habe es geaaaahnt, du süßer Schatz!" sagte ich in fiebriger Freude und Ergriffenheit zu unserem Heimkömmling. Aus Buz ist ein lieber, milder alter Mann geworden.

Buz hatte ein Strafmandat bekommen, und ihm wurde vorgeworfen, daß er sein Auto am 31. Oktober einfach in Leer auf einem Behindertenparkplatz abgestellt habe. Aber an diesem Tage wurde doch unsere Oma zu Grabe getragen, und so viele Leute könnten bezeugen, Buz auf der Beerdigung in Grebenstein gesehen zu haben!

Da wurden meine süßen Eltern nett und vergnügt, denn damit ist man ja praktisch aus dem Schneider.

Abends telefonierte ich mit der Veronika über den so jähen Heimgang des Verblichenen: Herr Herberger habe seine treue Haushälterin Ulrike in der vergangenen Woche zweimal nachts um vier Uhr angerufen, und die mitfühlende Ulrike, radelte durch die Nacht…

Dann fand man ihn tot in seinem Bett, den Telefonhörer auf der Brust, und eine Stimme im Hörerinneren sagte aufgeregt: „Rolf! Rolf! Hörst du mich??"

Zwar habe er seiner Haushälterin versprochen, ihr sein Instrumentarium zu vermachen, doch es existiere nichts Schriftliches.

Zur Zeit ist seine Tochter Uschi aus Übersee da, und Ulrike und Alfonse müssen sich mit ihr treffen, um die letzten Testamentsfinessen zu besprechen, weswegen die sensible Ulrike bereits auf Kohlen sitzt, da man ja nie weiß, was die bösen Töchter im Schilde führen.

Schon vor langer Zeit hat die Ulrike dem Generalmusikdirektor von Baden-Baden die Partitur des Requiems des Verstorbenen zugeschickt. Ein Werk, das Herr Herberger doch so gerne noch zu Lebzeiten gehört hätte.

„S´ liegt au noch irgendwo herum!" habe der Generalmusikdirektor auf lose und mäßig interessierte Weise gesagt, als ihm die Ulrike einmal in der Stadt begegnet ist.

Einer der zehn Auslosepunkte in meinem Schuftbuch lautete: „Bank & Post", und im Falle eines Drankommens könnte es zu einer unverhofften Begegnung mit Herrn Reimer kommen, auf den ich voller Zorn bin, da er Buz aus reiner Bosheit bzw. psychotischen Motiven heraus um seine Professur betrogen hat, und der um diese Uhrzeit durch die Straßen zu laufen pflegt, um sich vielleicht ein passendes Lokal für sein Mittagsmahl zu suchen.

Ich konditionierte mich bereits darauf, indem ich zwar auf meiner Violine übte, im Geiste jedoch eine Begegnung nach so vielen Jahren durchspielte. Aber vielleicht würde es uns beiden ja gar nicht so vorkommen, als seien viele Jahre vergangen, da wir einander die ganze Zeit in Gedanken mit durchs Leben geschleppt werden.

Dieser Punkt kam dann aber doch nicht dran, und stattdessen brach ich um 15:48 zum joggen auf.

Obwohl ich in der Glücksformel gelesen hatte, daß man negative Gedanken auf keinen Fall kultivieren solle, dachte ich die ganze Zeit bös über Herrn Reimer nach. Sollte ich eine Einladung zum Vorunterrichten nach Trossingen bekommen, so wolle ich dem Ministerium schreiben, und bitten, den Rektor von der Kommission auszuschließen, da er mir das Leben so schwer gemacht hat. Und zum Beweis, daß er nicht unbefangen ist, lege ich den Brief bei, den er mal von der Rektorenkonferenz aus Köln geschrieben hat, als er noch im lodernden Feuer der Verliebtheit stand, und sich große Hoffnung auf ein Abenteuer gemacht hat.

In der Baarstraße huschte mir eine schwarze Katze über den Weg, und der Nebel wurde immer dichter. Ich stellte mir vor, wie der Nebel, durch den man vereinzelte Weihnachtslichter erahnen konnte *noch dichter wird, so daß später im Buch des Lebens über diesen Tag in unfreiwillig gereimter Form zu lesen stünd: „An diesem Tag wurde der Nebel unnatürlich dicht. Man sah die Hand vor Augen nicht.“*

Donnerstag, 4. Dezember

Feucht, neblig und geheimnisvoll

Am Morgen träumte ich wie immer höchst verdrießlich: *Auf meiner Agenda stand ein Konzert in Frankfurt am Main in einem ordentlichen Saal mit Bühne, und es tröpfelten gar etliche Interessierte ein. Um 19:30 sollte es beginnen, doch andauernd kam mir etwas dazwischen.*

In einer viertel Stunde sollte das Konzert anheben, und eine freundliche Dame hatte bereits eine Begrüßungsrede gehalten. Doch immer kam mir noch etwas dazwischen. Zu Beginn stand Bachs C-Dur Sonate auf dem Programm, so daß ich beständig von Lampenfieberwogen gepackt wurde.

Nun aber knarzte bereits die Bühne, der Bogen war gespannt, die Geige hielt ich in der Hand, doch in dem Moment, wo ich mich innerlich straffte, um einen ersten Schritt Richtung Bühne zu gehen, bemerkte ich zu meinem Entsetzen, daß ich ganz anders gekleidet war, als gedacht. Statt in meinen Konzertschuhen staken meine Füße in klobigen und leicht morastigen Stiefeln, wo bei dem einen hinzu der Schnürsenkel gerissen war, so daß der Schuh den Zuhörern die Zunge zu zeigen schien wie ein freches Kind, dem man ein paar Orkanwatschen hinabhauen sollte. Und statt des Konzertkleides trug ich einen ausgebleichten alten Sommerfummel Rehleins, der eigentlich für die Altkleidersammlung gedacht war.

Die verständnisvolle Dame, die die freundlichen Einführungsworte gemacht hat, wurde nun doch ein bißchen ungeduldig, als ich so lange in den Plastikkoffern vergeblich nach meinen Konzertschuhen herumwühlte, und man zudem noch bald damit rechnen mußte, daß das Publikum sich zu einer Herde ballt, im Kollektiv entrüstet erhebt und geht.

Ich erwachte kurz und träumte an anderer Stelle weiter:

Ich fuhr im Auto und kam an eine Stelle mit zwei Autobahneinmündungen. Da ich aber nicht wusste, welche zu nutzen sei, fuhr ich auf einen großen mit weißen Kieseln ausgelegten Parkplatz dazwischen. Dort stieg ich aus, beschirmte meine Augen im glitzernden Sonnenschein, und überlegte, wie es jetzt weitergehen solle? In meiner Hand befand sich ein Eishorn der Firma Schöller, das in der Sonne bereits zart anschmolz. Ein junger Mann frug anmacherisch, ob er wohl etwas von meinem Eis haben dürfe? Zuerst sagte ich: „Sonst gern. Aber im Moment nicht". Dann aber wurde mir bewußt, daß man nicht jeden Anmacher wegwimmeln könne, und ich sagte: „Warum nicht?"

In der Baarstraße traf ich nach langen Jahren meine alte Freundin Gunda mit ihrer weißfädig gewordenen beschirmenden Frisur, und ihren beiden mondkalbsartigen kleinen Kindern. Ich erfuhr, daß die Gunda, die ehemals Studierende, heute in der Musikhochschule arbeite und schon seit einigen Jahren in Rottweil lebt. Vor kurzem hat der kleine Elias, der gar nicht mehr so klein ist, ein kleines Schwesterchen bekommen: die Cosima. („Cosima, tu nicht den Elias mit dem Satéspieß stechen!")

(Ein spaßhafter Satz aus dem *Stern*, der mir immer wieder durch den Kopf zirkuliert.)

Ich besuchte die Bank, um einen Dauerauftrag einzurichten, und empfand das Fräulein hinter dem Bankschalter als leichte Fehlbesetzung, da es mir bei der Entscheidung, ob der Auftrag wohl ab sofort laufen solle, kein fachlich stützendes Gefühl vermittelte.

Im Schreibwarenladen bekam ich plötzlich einen Vorgeschmack auf´s Alter:

Ich wollte den *Stern* kaufen, doch ich bin´s ja gewöhnt, den Stern im Zeitschriftenladen gegenüber vom „Bären" zu kaufen, und so war ich froh, daß die hier den *Stern* noch gar nicht eingeordnet hatten, da ich nach Art von der Oma in Moribundenlogik dachte: „Es ist besser ihn dort zu kaufen!"

Dort hinterließ ich dann wenig später einen halb kultivierten und halb unkultivierten Eindruck, da ich Bild und Stern kaufte.

Vor der Bäckerei Link blitzte der ewige stringente Dieter S. auf. Nicht genug damit, daß er ewig und an jeder Ecke aufblitzt, er befindet sich auch stets „auf dem Sprung" – so auch jetzt, wie wir lachend erörterten. Leider übt der Dieter einen zwar unverzichtbaren, so jedoch auch sehr undankbaren Beruf aus. Einen guten Korrepetitor, so heißt´s im Volksmund, und wie an anderer Stelle in diesem Buch bereits erwähnt, erkenne man daran, daß man hinterher nicht sagen könnte, ob nun ein Mann oder eine Frau Klavier gespielt hat. Die meisten Professoren nehmen in menschlich überhaupt nicht wahr, und würden seine Existenz allenfalls dann bemerken, wenn er plötzlich aufhörte zu spielen, und tot vom Stuhl gleitet.

Ebenfalls „auf dem Sprung" befand sich der kahl gewordene Frank G., der in einem Turbotempo die Zeitungsstraße herabgerannt kam, so daß ich scherzend eine Anhalterin parodierte. Der Frank lächelte freundlich, blieb aber nicht stehen, da ich als Frau keinerlei erotischen Reiz auf ihn ausübe.

Daheim klingelte nahezu unablässig das Telefon. Dies tut es jedoch nur, wenn Buzens Kommen in den Lüften schwirrt, denn nicht nur auf Frauen und Hunde übt Buz eine magische Sogwirkung aus, sondern auch auf Telefonatoren. Der erste Anruf kam von der Hilde, die mir sehr nett und aufgeräumt schien. Im Rahmen dieser Aufräumung war ihr wohl die Idee gekommen, mal wieder Kontakt mit Buzen aufzunehmen, und Buz am Sonntag mal zu besuchen. Buz ahnt somit gar nicht, wie nah er sich plötzlich vor einem Gefühlsumschwung befindet. Die Hilde würde sich sehr freuen, wenn ich morgen am Nikolaustag zu Besuch komme, weil es doch ein Tag ist, an dem alle ihre Schuhe putzen. Außerdem hat ihr die kleine Ayla heut schon die ganze Zeit beim Wäschewaschen zugeschaut, und dazu habe Mutti Hilde das Wäscherinnenlied gesungen.

Zwiefach rief auch das süßeste Rehlein an. Rehlein erzählte, daß Ming in Amerika total entsetzt von Jenny und Riffi gewesen sei: Zwar hätten sie ihn so nett vom Flughafen abgeholt, worüber sich der süße Ming so sehr gefreut hat. Doch kaum war man beim

Lindalein angekommen, da setzten sie sich hinter den Computer, und kümmerten sich nicht mehr um Ming.

Mittags verließ ich das Haus. Ich entsorgte Altglas, und begab mich in den Kopierladen. Vor mir lief ein unglaublich scharmfreier junger „Schwob", der einem nicht einmal die Türe aufhielt.

Die Post war so unglaublich voll. Hinter mir stand eine Dame, die zwei schön beklebte Weihnachts-briefe in der Hand hielt. Die Schlange schien zum völligen Stillstand gekommen, und laut „Glücks-formel" ist Langeweile verdünnter Schmerz.

Später joggte ich in bleicher Wetterlage und rief mir dabei die Worte aus der Glücksformel ins Bewusstsein, daß Bewegung zu einer augenblick-lichen Besserung des Gemütszustandes führt. Der See lag heut in einer unwirklichen fast schon „tonlos" wirkenden nebligen Blässe da.

Im Aldi fühle ich mich meist wie ein Schatten oder Geist.

Den ganzen Tag lang hörte ich die zweite Brahms Symphonie. Ich schaltete sie immer kurz vor Schluß aus, um sie wieder zurückzuspulen, aber auch weil ich keine Schlüsse mag, zumindest nicht in jenen Werken, die nicht mehr aufhören sollen. Die

Schlußakkorde entsprechen dem Lebensende, und drum höre ich sie mir nicht an.

Ich mag den Schluß mit dem einen etwas schmutzigen Trompetenklang nicht, und außerdem habe ich es nicht so gern, wenn sich die schöne Symphonie dem Ende zukantet.

Im Fernsehen werden derzeit Notsituationen unter dem Sammelbegriff „Was wäre wenn..." vorgestellt, und heute ging´s darum, wie´s wohl wäre, wenn man mit dem Auto in einem See versinkt? Wenn man vielleicht zu ungestüm in eine Kurve hineingefahren ist, so daß es das Auto in hohem Bogen in den See hinaushaut? Oder aber man glaubt, auf einem Rasen zu wenden, und in Wirklichkeit handelt es sich um einen grünen Tümpel? Etwas, das täuschend echt und beklemmend nachgestellt wurde.

„Jetzt ist er ohnmächtig geworden!" sagte man gar über den hilflosen Schausteller.

Dann telefonierte ich mit dem heut zwar einsilbig, aber netten Ming. Ming gegenüber präsentierte ich mich als große Musikliebhaberin, indem ich ständig mitten im Gespräch auf bestimmte Stellen in den Brahms Symphonien hinwies, die Ming sich unbedingt heute noch anhören möge. Extra, um nichts zu verpassen hatte ich den Kassettenrekorder mit zum Telefon genommen.

Dann rief überraschend das Beätchen aus Übersee an. Hie und da – etwa alle neun Monate – meist, wenn man es grad gar nicht brauchen kann, plant das

Beätchen einen Telefonierabend mit den Verwandten in Europa ein. „Der muß dann aber für ein dreiviertel Jahr lang reichen!" Nicht selten gehen dabei zwei Stunden drauf.

Und dies, wo das Beätlein eigentlich so sehr mit dem scheinbar bißchen Zeit geizt, das einem auf Erden gegeben ist.

Sie würde mich so gern noch unter die Haube bringen! sagte das Beätchen nett.

Da kam mir plötzlich die Idee, mein Glück mit Beätchens abgehalfterten Exmann Ric aus Ägypten zu versuchen. Es heißt, der Ric (58 Jahre jung), sei rastlos und unzufrieden und habe sich immer noch nicht gefunden.

„In solch einem Falle hilft eigentlich nur eine Auswanderung nach Europa!" sagte ich. „Hier im Haus wird gelegentlich eine Wohnung frei. Sie ist zwar klein, aber dem Suchenden verkleinert sich damit auch das Suchterrain, so daß er auf der Suche nach sich selber, vielleicht eher fündig wird?

Freitag, 5. Dezember
Trossingen – Stuttgart

Äußerst neblig

In den frühen Morgenstunden wurde ich von eruptivem Husten geplagt. Wie und wann mich der Schlaf nach Art des Todes dann doch geholt hat, ist mir ein Rätsel, so wie es für die Oma vielleicht auch ein Rätsel sein könnte, wann der Tod wohl zugegriffen hat? Unbemerkt. Plötzlich war man weg.

Ich träumte allerhand:

Johann und Christiane hatten uns zum Abendessen eingeladen, und werkelten in ihrer hohen Küche herum. Der Johann war etwas fülliger geworden, und ich als Gast spürte die ehelichen Spannungen, die sich zwischen die Eheleute geschoben hatte auf beklemmende Weise ganz genau. Als ich kurz ins Wohnzimmer entschwand, machte der Johann die Küchentür hinter mir zu, damit sie noch etwas lauter streiten konnten.

Der Johann hatte sich vor dem Küchenfenster ein kleines Gärtchen mit lauter Apfelbäumen angelegt, da dies ein Kindheitstraum von ihm war: Üppig behangene Apfelbäume direkt vor dem Küchenfenster! Was aber niemand wußte: Darunter waren mehrere Verschwundene vergraben. Und dieses bedrückende Wissen trug der Johann, der in der Zwischenzeit ein Anderer geworden war, die ganze Zeit mit sich herum.

Dann wiederum lief ich nachts nachhause, und kam an jene Stelle auf dem Marktplatz in Grebenstein, wo der Oberkellner Giacomo aus Trossingen traumesunlogischerweise den Ratskeller betrieb. Der Giacomo stand auf der Straße, als habe er auf mich gewartet, und lud mich auf ein Glas Wein ein. Da konnte ich nicht widerstehen und folgte ihm in die warme Gaststube, die heut zum Glück gut besucht war. Als ich mich soeben mit meinem Glas Weißwein niedersetzte, hörte ich am Eselsräuspern hinter mir, daß auch Buz eingekehrt war. Buz war doch angereist um Rehlein in Ofenbach zu besuchen! Ich drehte mich um und sagte: „Waaas? Du gehst abends in die Kneipe??"

„Wieso? Zuhause bin ich doch immer nur der Knecht!"
sagte Buz, und ich empfand diese Worte als ziemlich starken
Tobak, da wir Buz doch von früh bis spät zu bedienen
pflegen.

Heute mußte ich mich früh erheben, da ich um neun Uhr bei der Ute zum Frühstück geladen war, und zudem noch das Auto beschaben mußte, weil es nun unaufhaltsam immer kälter wird. Mein Geschabe vor dem Fenster vom Komödianten Frank G. klang laut und rücksichtslos.

Ich fuhr zur Ute nach Rottweil und schaute von außen durch das Küchenfenster hinein. Zuerst dachte ich, die Ute stünde an der Spüle, doch es handelte sich um das neue Aupair-girl Natascha aus Weißrussland. Sie, die mir schon am Telefon als überaus scharmfrei aufgefallen war, drehte sich nicht einmal um, so daß man sie die ganze Zeit nur von hinten lautlos und fast aurafrei beim Spülen sah. Und dabei habe ich auf Utes Worte, daß ich die noch gar nicht kenne, so nett und schwungvoll ausgerufen: „Doch, vom Telefon!"
Wenn man nett wäre, so könnte man aber auch schreiben: „Die Natascha war ganz starr vor Schüchternheit!"

Ute und ich setzten uns an den Tisch, der so groß ist, daß man ein Staatsessen daran abhalten könnte. Leider mußte ich hören, daß der Opa Nowak im Krankenhaus liegt, weil er seine Fußschmerzen nicht ernst genug genommen hatte, und haarscharf an einer Fußamputation vorbeigeschrammt ist.

Omi Bott wiederum hatte ein kleines Fotohefterl mit Fotos der vom Hubert ins Leben gerufenen "Rottweiler Eselstage" zusammengebastelt.

Mir wurde erzählt, daß der Opa Kaspar an *allem* herumnörgelt, so daß mit ihm praktisch kein Auskommen mehr ist.

Die Ute hatte alles so schön weihnachtlich geschmückt, und nach einer Weile hat man durch´s Fenster sehen können, wie Hausherr Hubert heimkehrte. Mich begrüßte er ohne große Worte aber sehr innig mit einer festen Umarmung. Und doch wirkte die innige Umarmung etwas geistesversunken, da er irgendetwas geschäftlich Internes mit nach Hause geschleppt hatte, das nun in ihm wütete, zumal leider auch die so redliche Zunft der Zimmermannsleut zur Zeit die klamme, finanzielle Situation schmerzhaft zu spüren bekommt. Man hatte einfach irgendeine fremde Firma mit den Weihnachtsbüdchen beauftragt, und Huberts Revierempfinden somit empfindlich gestört.

Heute wollte man jedoch ins Elsaß reisen, um den berühmten Straßburger Weihnachtsmarkt zu besuchen.

Ich lief in die Rottweiler Innenstadt um mir ein neues Tagebuch auszusuchen. Meine Füße trugen mich sehr langsam, und ich fühlte mich traurig.

Ich mußte an eine Rezension denken, die der 15-jährige Ming einst in Aurich bekam:

„König macht es sich und seinem Publikum nicht leicht" und: „Warum verbrahmst er Beethovens spröde Diktion?"

Daheim rief ich die Reichmanns an, obwohl ich schon eine muffensäuselige Nervosität verspürt hatte, einer von ihnen könne in der Zwischenzeit altersbedingt verstorben sein. Umso mehr freute ich mich zu hören, daß alles beim Alten sei. Herr Reichmann machte mir gar ein Kompliment und sagte, ich sei die jüngste und schönste Trossingerin die er kennt.
Sie sind zufrieden, aber man wolle nur noch seine Ruhe haben.

Buz kam viel früher, als man dachte, so daß anzunehmen ist, er sei in *einem* Schwapp durchgefahren. Einmal ins Autofahren geraten hörte er nicht mehr auf – bis er endlich dort war, wo er hinstrebte. Gemeinsam besuchten wir die „Galerie", ein schickes alternatives Studentencafé neben der Musikhochschule, und unterhielten uns sehr nett über meine Bewerbung und mein Vorunterrichten.
Leider zieht es Buz meist rasch wieder zu seinen Studenten, so daß das gemütliche Miteinander meist nur eine Kaffeetassenlänge währt. Doch vor meiner Abreise in die schwäbische Landeshauptstadt sah ich Buz noch zwiefach. Einmal besuchte er mich zu einer weiteren Tasse Kaffee in meiner kleinen Wohnung, und einmal sah ich unseren Schatz durch Fenster im verglasten Foyer der Hochschule stehen

– verwoben in eine Plauderei mit dem lang- und spitznasigen Herrn Becker.

Auf einem Reiter, der neben den plaudernden Herrn auf dem Boden stand, war vollmundig das abendliche Konzert angekündigt, in welchem Buzens Schüler heut ausschließlich Werke von Béla Bartók interpretieren würden. Wembo Xu beispielsweise das berühmte Bratschenkonzert, das allerdings ein Jünger und Verehrer nach bestem Wissen und Gewissen zuende gestellt hatte, da der Meister zuvor verstorben war.

Ich betrat die Hochschule und umrundete wie alle Tage interessiert die Litfaßsäule, die über und über mit pikanten Neuigkeiten, Zetteln, Plakaten und Zeitungsartikeln beklebt ist.

Auf einem Zeitungsausschnitt vom 27.11. sah man Rektor Reimer neben zwei Gönnern stehen. Etwas quadratisch und in einer im Grunde wenig frohen Ausstrahlung stand er da, und angesichts der 32 tausend €uro, die die Iris-Marquardt-Stiftung der Musikhochschule vermacht hat, müsste der Rektor eigentlich fröher aussehen.

Schließlich fuhr ich noch bei Helligkeit ab, obwohl es sich um eine geborgte Helligkeit handelte, die bald nachlassen würde. Als es dunkel wurde geriet ich in einen Stau.

Zu später Stund kam ich schließlich in der Hegelstraße an. Das kleine Yüsslein stak bereits im Schlafanzug und begrüßte mich hocherfreut.

Wenn Vati Omar, so wie jetzt, aushäusig ist, so ist die Stimmung gleich angenehm und entspannt. Im Städtischen Spital ist er gut verwahrt, und dort soll er ruhig noch eine Weile bleiben. Die kleine Ayla hat zu babbeln begonnen, und das Yüsslein wurde gelegentlich als Übersetzer genützt, da er noch so nah an seiner eigenen Säuglingszeit ist, daß er dies alles noch versteht, was die da „redet".

Listig und verschmitzt nützte das Yüsslein diese ehrenvolle Tätigkeit aus, und behauptete, daß die Ayla wissen möchte, warum ich ihm nichts zum Geburtstag geschenkt habe.

„Aber ich hab dir doch etwas mitgebracht!" erinnerte ich mich zerknirscht, und zog den Biba-buzemann mit der weißen Pfeife, den ich ihm gekauft hatte, hervor.

Am Abend kehrte der Omar dann überraschender-weise doch zurück. Er hatte sich einen Döner gekauft, und wenn das Yüsslein um ein paar Pommes bat, sagte er dumpf und geistlos: „Du hast schon gegessen!"

Mit großer Müh brachte Mutti Hilde die Kinder ins Bett. Die Ayla spannte ihre großen schlanken Ballettfüße an, dieweil sie sich so auf das „luftige Spiel" gefreut hat: Ein Spiel, das einst bei uns Kindern hoch im Kurs stand. Jemand hebt schwungvoll die Bettdecke hoch, um sie dann auf den Liegenden hinabsinken zu lassen. Dieses Spiel hatte ich einst in jungen Jahren erfunden, und zuweilen ergötzte es sogar den Opa.

Das Spiel hatte die Kinder munter werden lassen. Der Yussuf verwandelte sich mit Hilfe des Lakens in ein furchterregendes Gespenst, und die Ayla konnte nicht mehr einschlafen, weil sie sich so gefürchtet hatte, und lärmte laut.

Die Hilde bereitete in der Küche das Abendessen zu, und der Omar, der nach schwerer Krankheit und einem endlosen Spitalaufenthalt ein Anderer geworden ist, stak nun gänzlich auf der B-Seite und saß nur geödet herum. Wenn die brave Hilde seinen Aurenbannkreis am Tische streifte, so lag´s immer so überdeutlich in den Lüften, daß es nichts zu sagen gab.

„Bei uns ist die große Afasie ausgebrochen!" sagte die Hilde und lachte. Das änderte sich allerdings schlagartig, als der Omar sein Händi zückte, und laut und fröhlich in einer klappernd klingenden Buschsprache mit einem Kumpel telefonierte.

Zu vorgerückter Stund saß ich mit der Hilde in der Küche. Gemeinsam füllten wir die Nikolausstiefel für die Kinder, und da Mutti Hilde die Kinder so gern verwöhnt, packte sie dem Yüsslein drei schöne Geschenke ein, und die Ayla bekam ein kleidsames Mützchen.

Samstag, 6. Dezember
Stuttgart – Ofenbach

Nieselnd trübe. Es wird kalt

Morgens - ich dachte natürlich, es sei mitten in der Nacht - ging plötzlich das Licht an, weil das Yüsslein genug geschlafen, und der Alltag nun anzuheben hatte. Neugierig schaute er in die Wiege, um zu sehen, ob die kleine Ayla wohl schon wach ist.

Nach einer Weile rief das Yüsslein so nett und unbekümmert: „Kika! Komm doch zu mir unter die Bettdecke!" Dieser Ausruf gefiel mir als Frau ungemein, auch wenn ich oben ohne - sprich, ohne Kontaktlinsen auf den Augen - ganz unscharf sah, und an meine noch ungebändigte Moppfrisur auf dem Kopf gar nicht zu denken wagte.

Als ich nach einer Weile im Bad stand, rief mir das Yüsslein ganz aufgeregt zu, daß der Nikolaus Geschenke gebracht habe!

„Nicht möglich?!? Du willst mich veräppeln!" sagte ich. Das selten gebrauchte Wort schien hier angebracht, da mir Mutti Hilde erzählt hatte, dies sei ein Hauptwesenszug der Senegalesen: Einander zu veräppeln.

Begeistert packte der kleine Yussuf die Geschenke aus. In einem Päckchen befand sich das Spiel des Jahres 1998 „Zicke-zacke Hühnerkacke", und für die gestressten Eltern steht extra draufgedruckt, wie lange es dauert: 15 – 20 Minuten.

Dem Omar geht es nach seiner schweren Malaria-Erkrankung nachts immer sehr schlecht. Außerdem hat er zehn Kilo abgenommen und ist nur noch ein Schatten seiner selbst. Ein vom Verlöschen bedrohtes matt glimmendes kleines Lebenslicht, und als er den Arzt frug, wann wohl mit seinem Exitus zu rechnen sei, meinte dieser nur: „Genieß dein Leben!" so daß dem Omar dieser vielsagende Satz nun unentwegt im Kopf herumspukt, zumal es ihm in Deutschland doch gar nicht gefällt! Doch jetzt ist er hier festgeklemmt und schaut bei den Mahlzeiten finster auf seine Frau drauf, die er im Verdacht hat, ihn nur zum Zwecke der Fortpflanzung mißbraucht zu haben, und die Kinder viel mehr liebt als ihn.

Und doch war die Stimmung beim Frühstück nun etwas besser. Es hatte jemand angerufen, und am Telefon klingt der Omar automatisch fröhlich und lebensbejahend.

Gestern hatte ich ihn schon im Verdacht, die Kinder auf eine geradezu entwürdigende Weise überhaupt nicht wahrzunehmen. Das süße kleine Aylalein auf dem Arm von Mutti Hilde hatte ihn so freundlich angelacht. („Der swarze Mann!" las man die Gedanken in dem entzückenden Kindergesicht) „Guck mal, wie sie sich freut!" rief Mutti Hilde, „aber der Papa erwidert die Freude gar nicht!" dieweil der Mohr mit erloschener Miene einfach nur ins andere Zimmer geschlurft war.

Nach einer Weile kam Hildes Lieblingsbabysitterin Hanna aus Polen, zirka zwanzig Jahre alt und sehr patent. Scheinbar brachte sie ein kleines Nikolaustütchen mit, doch es handelte sich um eine Gabe von barmherziger Hand, die bereits vor der Türe stand, weil es immer so nette Leute gibt. „Engel in Menschengestalt", würde das Frömmigkeitsteam in Herrenberg jetzt wohl denken.

Dem Omar schmeckte der schöne Bibabuzemann aus der Bäckerei Link.

„Aber wie!" sagte er nett, so daß man wieder frische Hoffnung schöpfen konnte, daß er doch noch eine bessere Grundstimmung mit ins Haus bringt, denn so wie's jetzt ist, kann man das Eheleben eigentlich nicht fortführen.

Die Hilde mußte den ganzen Vormittag bis um halb eins unterrichten. Zunächst hörte man Weihnachtslieder, Ton für Ton gespielt, und mit einigen Vertippungen durchsetzt, und ich brühte den chinesischen Wundertee vom Bernhard auf und versprach dem Omar eine baldige gesundheitliche Verbesserung, wenn er davon trinkt.

Da schöpfte der Omar wieder etwas frischen Mut, wärmte sich die kalten Hände an der heißen Tasse und nahm einen Schluck.

Nach einer Weile hörte man eine Geige, die gestimmt wurde. Eine bebrillte Schülerin hatte zur Geige gegriffen.

Buz in mir konnte sich nicht beherrschen, und ich lugte durch einen Türspalt. Gespannt wie einst der „curious George*", was da nun wohl abginge?

*Ein kleiner Affe aus einem amerikanischen Kinderbuch.

Das Mädel spielte ein Lied mit dem Titel „Der kleine Paganini", komponiert von einem Herrn Mollenhauer, und es juckte mich direkt ein bißchen in den Fingern, ihr nach Buzens gestrigem Rat Vibrato beizubringen.

Nach einer Weile kam die reife, zirka 42-jährige Klavierschülerin Mascha und zuckte unter den Geigenklängen, die für mein gutmütiges Ohr doch gar nicht so schlimm waren, regelrecht zusammen, weil sie das Geigenspiel schon seit ihrer Kindheit so scheußlich findet, daß sie sich immer die Ohren zuhalten möchte, wenn jemand losgeigt.

Rührenderweise macht die Hilde bei all ihren Schülern Werbung für meine CD, und die etwas nonnenartige Mutti von der jungen Geigerin, die gekommen war, die bebrillte Tochter wieder abzuholen, machte abwiegelnde Worte drum, da sie nicht wisse, ob ihr Mann, der eine große Schallplattensammlung besitzt, diese Aufnahme wohl schon habe?

Als ich mich schließlich anschickte, nach Ofenbach zu fahren, brachte der Omar ganz viele Argumente an, warum ich doch lieber hierbleiben solle! Die Argumente schienen allesamt einleuchtend und nachvollziehbar, so daß man schon ein sehr sturer, typischer Erwachsener sein mußte, sich der Stimme der Vernunft zu widersetzen: Es niesele, die Straßen seien verstopft, und wenn ich dort bin, wo die Aussicht am allerschönsten ist (im Salzburger Land), wäre es bereits dunkel. Ich würde nichts sehen, und darüber hinaus erst um Mitternacht ankommen.

„Du hast recht!" sagte ich nett. Ich half ihm ein bißchen mit dem schönen Walt-Disney-Puzzel für den Yussuf, und spürte die Worte aus der Glücksformel: Findet man ein passendes Teilchen, so wird man von einem leisen Glücksschub durchbebt.

Als der Regen etwas nachließ, begleitete man mich zum Auto. Der kleine Yussuf hielt einen Luftballon mit der Wurst-Reklame der Firma Wolf in Händen, und sah so traurig aus, weil ich ging.

In trübem Regenwetter fuhr ich ab und bereute es leicht, dieweil ich in Stuttgart so viel menschliche Wärme erfahren habe, die mir nun wieder entzogen wurde.

Die Fahrt dauerte sieben Stunden lang. Ich gönnte mir vorerst keine Pause, weil ich mir eine eventuelle Rast natürlich für einen österreichischen „Rosenberger"* aufbewahren wollte. Paradiesisch schöne Raststätten, die es nur in Österreich gibt. Steigt man dort ab, so bekommt man einen Vorgeschmack auf das Leben „danach" (im Himmel).

Es wurde immer nebliger. In Bayern schien es gar gefährlich zu werden, so daß ich schon gedacht habe, ich müsse womöglich am Mondsee übernachten. Es wurde dunkel, die Temperatur sank in die Tiefe und es begann zu schnieseln. Man sah kaum noch etwas, und es drohte Glatteis.

In Ofenbach bin ich derzeit ganz alleine.

Als Spätheimkehrende litt ich unter Husten und Halsschmerzen, doch dann telefonierte ich ganz warm mit dem süßesten Rehlein, und vergaß die Molesten ein wenig. Ich erfuhr, daß Buz von seiner Mutti 4000 €uro geerbt habe, mit denen er sich nun fühlt, wie einst der dicke Ezechiel im Wirtshaus im Spessart, so daß man es förmlich vor sich sieht, wie er nach dem heutigen Studentenkonzert generös die Runde im „Krug" schmeißt.

Sonntag, 7. Dezember
Ofenbach (allein)

Angenehm herbe

Ich bezog Nachtquartier im Urbett im Keller, da man dort so sagenhaft gut schläft. Natürlich hätte ich mich aber auch in eines der Betten meiner Lieben schmiegen können, um denen nahe zu sein.

Mir träumte, *daß ich mit Herrn Großmann bei Dunkelheit im Auto fuhr. An einer Stelle hielt uns der Giacomo an, weil er ein Billett sehen wollte. Fieberhaft durchstöberte ich meine Handtasche, fand jedoch leider nichts.*
Schließlich erhob ich mich nicht ohne Schwung in einen Tag hinein, auf den ich mich schon sehr gefreut hatte. In milde angenehme Dezembergräue, mit aufgerupften Oasen in den Wolkenbänken, unter denen sich der Himmel teilentblößte. Leider hatte ich nichts zu essen im Hause.

Auf dem Tisch im Eßzimmer lag ein Sparmagazin, mit dem Weihnachtsmenü von Johanna Maier, und ich fand die Wunderköchin so ansprechend. Auf einem Foto hielt sie gar ihr kleines Enkerl im Arm.

Eines in ihrem weltberühmten Restaurant in Filzmoos sei jedoch leicht störend, wußte ich. Sie hat ihren eigenen Ehemann als Kellner angestellt, und der sei ein wenig ruppig, da dies eben ein Grundcharakterzug von ihm ist. Doch bei einigen Gästen kommt dies nicht so gut an.

Die Mahlzeiten jedoch seien fantastisch!

Das ganze Bitten und Flehen seiner Frau, sich diesen ruppigen Umgangston, wenigstens den Gästen gegenüber, abzugewöhnen habe keinen Nutzen gezeigt.

„Wous kriang ma denn hait?" Was kriegen wir denn heut? (Schnaufend streng wie beim Militär)

„Oh, wir sind noch am überlegen!"

„Geh, könnt´s ihr net draußen schon amoi schaun??? Do hom ma a Späisekortn hängen. Idiotensicher. Is dös fei sooo schwer??… I kann do net für jeden Tschuschen a hoibe Stund umeinounderworten!" „Könnt ihr nicht draußen schon mal schauen?? Da haben wir eine Speisekarte hingehängt. Idiotensicher! Ist das soo schwer? Ich kann doch nicht für jeden Tschuschen (ein österreichisches Schmähwort, das vielen lose auf den Lippen liegt – gemeint ist ein Tscheche) eine halbe Stunde herumwarten."

So geht´s halt hin und her mit den Gästen.

Ein Frühstück gab´s heut nicht, und ich fühlte mich morsch und schwach, wie einst der Opa.

„Opa, jetzt kann ich dich so gut verstehen!" sagte ich laut und vernehmlich.

Weil ich leicht kränkelte, mochte ich nicht mit der Geigerei anheben und kuschelte mich stattdessen in die schöne bunte Decke, die Onkel Döleins Exe Christa einst für die Omi Mobbl gehäkelt hat, in Mobblns verwaisten Sorgenstuhl hinein, und schaute auf höchst seniorile Weise „Wetten dass…" aus Freiburg.

Eine Ärztin hatte kühn gewettet, alle ihre Patienten an der Zunge zu erkennen, und hinter einer Attrappe saß das ganze Wartezimmer. Dann wurden sechs Patienten aufgerufen, die ihre Zunge durch den Mund eines Pappungeheuers strecken mußten, so daß es von außen ausschaute, als zeige das Ungeheuer der Ärztin die Zunge. Und die Ärztin hat alle gekannt! Das simpel gestrickte Freiburger Publikum stand Kopf und klatschte enthusiastisch.

Noch vor zwölf bereitete ich mir ein banales Mittagsessen zu, das mir überhaupt nicht schmeckte: Rotkohl und einen Kloß – tiefgefroren. Und leider spie ich diese Mahlzeit, die ich ohne den geringsten Appetit hinabgelöffelt hatte nach einer Stunde wieder aus. Sogar mein Herz spürte ich – es bizzelte, und ein baldiges Ende lag zum Greifen in den Lüften. Doch anders als ein normaler Mensch empfinde ich beim Gedanken an die ewige Ruh, eine unerhörte Erwartungsfreude.

Meine Kräfte erlahmten, es war niemand da, von dem man ein gutes Wort hätte hören können, und oftmals lag ich einfach so auf dem Teppich vor dem Bildschirm und dachte darüber nach, wie es wohl weiterginge, wenn ich hier und heut verstürbe? Wann man wohl unruhig würde? Frühestens in drei Tagen. Buz würde unruhig, wenn er mich nicht mehr erreicht.

„Du, ich erreich die Kika gar nicht mehr!" würde er Rehlein am Telefon besorgt sagen. Rehlein wäre auch sehr besorgt, und würde jemanden in Ofenbach bitten, nach mir zu schauen.

Meine Augen drohten bereits ganz zuzufallen. Jetzt sind´s die Akkupunkturnadeln, die mir eigentlich hätten helfen sollen, und mir stattdessen den Garaus machen, dachte ich noch gleichmütig.

Einen Menschen, der sich so wenig gegen den Tod aufbäumt wie ich, sieht man auch nicht alle Tage. Ich empfange den Tod mit offenen Armen. Jetzt weiß ich, wie sich die Omi kurz vor ihrem Exitus gefühlt hat! dachte ich noch. Und daß man sich sooo bald wieder sieht! freute ich mich. Die Strecke mit der Aufschrift „nie wieder", war plötzlich auf ein Minimum geschrumpft.

Man hatte gemeint, sich nie wieder zu sehen - doch Pustekuchen! *„Mich wirst du nicht so schnell los, Omi!" sage ich lachend.*

Nach einer Weile raffte ich mich allerdings wieder auf, und schaute „Die Kunst des Geigens", über lauter verstorbene Geiger, anschaulich beschrieben vom Virtuosen Itzhak Perlman. Man sah die frühverstorbene Ginette Neveu, die beim Spiel wie hypnotisiert auf den Dirigenten blickte, und wie ich finde, eine unheimliche Ausstrahlung hatte – mit Betonung auf „unheimlich", da ich sie als gruselig und vorallem völlig undurchschaubar empfand.

Am allerliebsten aber schaue ich jene Doku vom Steve, dem Direktor vom Zoo in Sydney. Einem außerordentlich unerschrockenen jungen Mann, der furchtlos ein paar Giftschlangen einfing: Beispielsweise eine Kobra oder eine grüne Mamba, die ihn sogar zu beißen versuchte, während er sie an ihrer Schwanzspitze hielt, und den Zuschauern seelenruhig erzählte, was wohl passieren würde, wenn sie ihn beißt.

Mittags hatte ich mich soweit erholt, daß ich wieder ein bißchen auf meiner Violine üben konnte. Allerdings nicht sehr gut, und im Rahmen meiner Krankheit kam mir das Moto Perpetuo von Rheinberger dürftig vor wie eine banale Etüde.
Hier an dieser Stelle sollte man dem Leser etwas über den großen Komponisten Rheinberger erzählen, der noch immer viel zu vielen Menschen unbekannt sein dürfte. Einen außerordentlich gutaussehenden Herrn, der große Ähnlichkeit mit Buz aufwies, und darüber hinaus fast auf den Tag genau hundert Jahre älter ist/war, als Rehlein.
Der feinkultürliche Herr wirkte als Komponist, Organist und weiser Musikpädagoge.
Schon früh zeigte er eine ganz ungewöhnliche Musikalität, und bereits als Siebenjähriger übernahm

er den sonntäglichen Orgeldienst in seiner Heimat-
gemeinde in Bayern. Dort war er dahoam.

Im Laufe seiner reifen Jahre wirkte er gar als
Hoforganist. (Ein Hochamt!) Und eines Tages
heiratete der Meister die deutlich ältere Dichterin
Franziska von Hoffnaaß, die von ihren Lieben
schlicht „Fanny" gerufen wurde, und in der er
offenbar unbewusst die Mutter gesucht hatte.

Einmal lief ich spazieren. Ich nutzte jenen Weg,
den ich in gesunden Zeiten sonst immer so sportlich
abzuwetzen pflege nun, um ganz langsam vor mich
hinzuwackeln, und fühlte mich in meinem Mantel
dabei alt und abgenutzt wie einst die Omi Mobbl.

Zweimal hat es der LORD allerdings gut mit mir
gemeint: Ich fand meine verschwundenen Bazzini-
Noten auf dem Flügel, dort wo sie hingehören, und
als ich mir im Gasthaus Thurner ein Essen zum
Mitnehmen bestellte (Currygeschnetzeltes), hat es
nichts gekostet, dieweil Ming und ich am Freitag
doch zur Dorf-CD-Präsentation eingeladen gewesen
wären, wo uns ein Gutschein für ein köstliches
Abendessen im Gasthaus überreicht worden wäre.

Zur Mittagsstund schaute ich in „arte" einen
Adoptionsfilm. Ein italienisches Ehepaar hatte den
rumänischen Knaben „Andrej" adoptiert. Doch
nach wenigen Jahren bekamen die Eheleute völlig
überraschend ein eigenes Töchterlein. Da überlegten
sie es sich anders, und reisten mit dem kleinen

Andrej nach Cluj, um ihn seiner leiblichen Mutti zurückzubringen. Doch leider gerieten sie nur an Betrüger. Kinder lebten dort sogar in der Kanalisation und schnupften Klebstoff. Erschüttert von diesen Zuständen nahmen sie den kleinen Andrej wieder mit nach Hause.

Leider spie ich das schöne Essen wieder aus, da mich plötzlich eine jähe postgrippale oder auch prämortale Übelkeit erfasst hatte.

Hie und da legte ich mich einfach ins Urbett um Vergessen zu finden. Einmal klingelte das Telefon, und es war das kleine Yüsslein, das Zeitlang nach mir verspürt hatte, und sich eine Geschichte erzählen lassen wollte.

„Ich bin so krank!" jammerte ich, „aber sobald ich wieder gesund bin, rufe ich an, und erzähle Dir eine Geschichte!"

„Wie lange dauert das noch?"

Rehlein erzählte ich nichts von meiner Wintergrippe, die es einsam und ohne ein gutes Wort auszukurieren galt. Aber ich wollte nicht, daß Rehlein sich Sorgen macht.

Rehlein regte an, daß ich mal die Irene besuchen möge, und sprach auch von Herrn Vitzthum, der tagsüber einsam sei, wenn seine Frau in der Tierarztpraxis schuftet.

Krankheitsbedingt begab ich mich bereits kurz nach 22 Uhr zu Bett. Zusammen mit zwei Wärmflaschen und noch einer Decke obendrauf bestieg ich schüttelfröstelnd das Urbett um Vergessen im Schlaf zu finden.

Montag, 8. Dezember

Sagenhaft schön.
Der Tag begann jedoch
mit einem Raureiffilm über dem Rasen

In der Nacht wachte ich zuweilen an Schlafübersättigung auf, und lag im Dunklen nur so rum, ohne eine befriedigende Schlafposition zu finden.

Am Morgen herrschte draußen ein so wunderschönes, atemberaubendes – geradezu überirdisch glanzvolles Wetter.
Ich schaute die fesselnde Doku „Meine Hochzeit".
Einmal wurden die feierlichen Hochzeitsgeschichten allerdings durch eine aktuelle Meldung unterbrochen, so daß man vom Schrecken berüttelt wurde, irgendwo auf der Welt sei etwas ins Unlot geraten. Doch es war bloß, daß soeben ein Urteil im Aachener Landesgericht in einem Mordfall gesprochen wurde. Mord an einem Geschwisterpaar begangen von zwei üblen Sündern. Der eine davon habe sich zur Urteilsverkündung nicht einmal erhoben. Er flachste mit dem Anwalt herum und kaute Kaugummi, weil er sich ganz und gar dem BÖSEN verschrieben hat, während sein Kumpel Markus W. in Tränen ausbrach. Auf die beiden wartet nun eine

lange Einzelhaft, in der sie immer alles alleine machen müssen: Hofgang und Essen. Der Richter konnte für sein Urteil die Worte „Im Namen des Volkes" kaum gebrauchen, wie er selber anmerkte, da das Volk doch nach der Todesstrafe schrie.

Sollte man eventuell sagen: „Urteil quer am Namen des Volkes vorbei"? So tröstete er das Volk damit, daß die Todesstrafe im Vergleich damit, was die beiden jetzt erwarten würde, ziemlich human sei.

Mir ging es leider immer noch nicht so gut, so daß ich mich hie und da auf den Boden legte.

Nach einer Weile rappelte ich mich allerdings auf und rief die Irene an, um zu bitten, ob sie mir wohl etwas Zwieback besorgen könne? Die unkomplizierte Irene versprach´s, vergaß es dann allerdings auch wieder, weil ich ihr leider so unwichtig bin.

Später schaute ich RTL Punkt zwölf. Wir erfuhren, daß gestern um 17.01 Hollands künftige Königin geboren wurde, und Prinz Willem Alexander stellte die ofenfrische kleine Prinzessin in einem kostbaren Kleidchen gleich den Fotografen vor.

Einmal rief der besorgte Ming an, und ließ ganz viel anklingen: Zum Beispiel, daß ich heiß duschen solle. Fieber messen und den Doktor Bogad entweder aufsuchen oder herbestellen müsse, da es sich um die gefürchtete Grippe handeln könne, die derzeit ganze Landstriche entvölkert. Außerdem stünde im Kühlschrank noch ein köstliches Chiliessen für mich bereit.

Nach dem Telefonat ging es mir weiterhin schlecht: Herz- und Kopfschmerzen. Der Gedanke, vielleicht zu sterben, gefiel mir zwar für mich selber, da ich mit diesem permanenten Unwohlsein und der Schwäche eigentlich nicht weiterleben mochte – höchstens in jenem Sinne, daß ich Rehlein und ihre umhüllende mütterliche Liebe noch eine Weile genießen möchte. Doch dann ging's mir etwas besser.

Ich aß das serbische Essen mit den purpurnen Bohnen, und behielt's.

Am Nachmittag ging's mir sogar so gut, daß ich die Bewerbung für die Professur in Trossingen fertigstellte, und auf Rehleins Drahtesel durch das atemberaubend schöne, glitzrige Sonnenwetter nach Lanzenkirchen radelte.

Ich mußte darüber nachdenken, daß Rehlein schon eine richtige Hobby-Österreicherin geworden ist. Dann dachte ich darüber nach, daß der Opa dem süßen Rehlein dieses Fahrrad geschenkt hat, doch jetzt wird es meist vom langbeinigen Julchen benützt, was sich daran zeigte, daß der Sattel viel zu hoch für mich war.

Im Kalgassenknie schraubte ich sehr lang und doch vergebens daran herum. Freudig konstatierte ich, daß ich genau zur schönsten Zeit des Tages losgeradelt bin. Über die Irene mußte ich auch nachdenken: Wie es ihr plötzlich mitten in der Nacht siedendheiß einfällt, daß sie mich vergessen hat, und wenn man mich am nächsten Tag tot in der Wohnung findet, so sei womöglich sie schuld?

„Dann bin ich also die Buhfrau!" dachte ich für die Irene bang. (Worte von unserer Nachbarin Frau Rautenberg in Aurich, die sich gelegentlich mit Frau Priwitz in die Wolle kriegt)

Wieder daheim, telefonierte ich mit Ming.

Ming erzählte, daß er in Rysum den Pianisten Artur Pacewick gehört habe, der so jämmerlich geklimpert hat, daß es kaum zu glauben war. Da beschwerte sich der beherzte Ming bei ihm und der Veranstalterin. Er ließ anklingen, daß es eine Unverschämtheit sei, solch ein Konzert anzubieten und die Interessierten derart zu verschrecken, daß sie vielleicht in kein Konzert mehr gehen?

Die Veranstalterin frug Ming, ob sie ihm sein Geld zurückgeben solle, doch darum ging es dem redlichen Ming gar nicht. Nein, das Geld dürfe sie behalten, meinte Ming, aber sie solle sich seine Worte durch den Kopf gehen lassen.

Am Abend schaute ich die RTL II-Doku „Frauentausch" und war fasziniert. Zwei Muttis mußten zehn Tage lang ihr Leben tauschen.

Eine Kölnerin vom Typus der alternativen Wasserleiche hatte ihr Köfferlein gepackt, um vorübergehend nach Wismar zu ziehen. Die Wohnung hatte sie voll mit Tips und Kniffen für den Alltag beklebt. Ihrem Mann klebte sie einfach ein Schild mit der Aufschrift „Tabu!" auf die Brust, doch später klebte es an der Schlafzimmertüre und verströmte eine gewisse Arroganz.

In Wismar war sie gleich entsetzt vom hohen Versiffungsgrad von Küche und Bad.

Und in Köln wiederum, wo die Mutti aus Wismar hingereist war, wurde schon nach vier Tagen so entsetzlich gestritten! Für alle Beteiligten war es eine Qual, in einer fremden Familie zu leben, oder aber eine fremde Mutti im Haus zu haben, und man konnte es so gut nachempfinden.

Wie das wohl wäre, wenn Rehlein mit einer anderen Frau Frauentausch betriebe? Beispielsweise der trockenen Waltraud W. aus Fürstenfeldbruck?

Dienstag, 9. Dezember

Sonnig klar.
Am Morgen lag
leichter Raureifüberzug über dem Grase

In der Nacht wütete mein Katarrh nahezu ungehemmt los: Wilde Huster mit kläffendem Nachhall aus der Lunge, so daß der besorgte Ming, wenn er denn man da gewesen wäre, Zustände bekommen hätte!

Somit schlief ich leider nur ungut ein.

Meine Gesundheit ist derzeit so abgegriffen, daß mir nicht einmal mehr das Urbett eine Stätte an Freude und Behagen ist.

Wieder erhob ich mich nur wegen der Hochzeits-doku.

Die heutige Braut erinnerte mich leicht an jene teigige Studentin vom Trossinger Gesangsprofessor Herrn Sinz, die morgens immer die Erste war, die Einlaß an der Hochschulpforte begehrte.

Trossingen um 1987

Die musikalischen Gaskammern, sprich Übzellen im dritten Stock der Musikhochschule waren in ihrer Anzahl begrenzt, der Ansturm jedoch ungeheuerlich. Jeder Student hatte Anrecht auf drei Übstunden, doch hierfür mußte man sich früh morgens eintragen.

Auch im tiefsten Winter kam bereits morgens um fünf eine Putzkolonne. Die Putzfrauen zeigten ein Herz für die Studierenden und ließen sie herein. Morgens um fünf waren es nur einige Wenige, die sich eintrugen. Darunter meist auch ich.

Doch ich ärgerte mich maßlos darüber, daß diese teigige Studentin immer die Erste war.

Eines Tages glaubte ich, endlich selber die Erste zu sein. Ich stand ganz allein fröstelnd inmitten Packschnee vor der völlig vereisten Hochschulpforte. Doch niemand kam.

Des Rätsels Lösung: Ich hatte nur geträumt, den Wecker gehört zu haben, und in Wirklichkeit war es erst zwei Uhr in der Nacht, wie die angrenzende Kirchturmuhr schließlich verriet.

Eine reife, kurz vor ihrer Eheschließung stehende Frau war sehr nervös. „Habe ich die richtige Entscheidung getroffen?? Bin ich denn von allen guten Geistern verlassen??" las man in ihrer hektisch unfrohen Miene. Mutti & Omi konnten dies nicht begreifen, da die ihrerseits vor der Eheschließung jeden Moment genossen haben.

Wegen meines Hustens rief ich Rehlein an, und ließ höflich anklingen, daß Ming mir den vom Bernhard empfohlenen chinesischen Wundertee mitbringen könnte.

Doch Ming und Julia waren bereits nach Ofenbach unterwegs, und würden somit heute abend erwartet.

Rehlein glaubte kaum, daß meine schwere körperliche Abgeschlagenheit von alleine weichen würde, und riet mir dringend, in der Ordination vom Doktor Bogad anzurufen. Dies tat ich nun, und die höfliche Ordinationsdame versicherte mir, daß der Doktor im Rahmen seiner allnachmittäglichen Spritzturen bei mir vorbeischauen wolle.

„Nachmittag" bedeutet für mich als Geigerin „so etwa ab vier Uhr", doch für normale Menschen, bei denen bereits um halb zwölf das Mittagessen aufgedeckt wird, beginnt der Nachmittag womöglich kurz nach zwölf, wenn es wieder abgetragen wird?

„Auch das noch!" dachte ich, dieweil es mir mit meiner Gesundheit nun geht wie mit einer Fuge: Ständig setzt eine neue Zipperleinstimme ein.

Anhand der schönen Fotos von Johanna Maier im Sparmagazin sieht man, daß man auch mit 52 noch total hübsch aussehen kann. Johanna Maier, die bedeutende Köchin, die so gut kocht wie einst Zwerg Nase, sieht aus wie jemand, der noch nie einen wüsten Gedanken gehabt hat. Ein schön geschnittenes offenes Gesicht aus dem ein feiner Geist, leiser Humor, Freundlichkeit und Güte spricht.

Als ich oben im Ashram geduscht hatte, schaute ich mich noch ein wenig in der Wohnung um, in der man mingbedingt eventuell den Staubsauger aufheulen lassen solle?

Am PC lehnte eine Postkarte, die Ming dem Julchen aus San Francisco geschickt hatte.

„Mein Cousin und meine Cousinen" schrieb Ming im Banne des Klassenzimmersyndroms. Damit wollte Ming, der in den Sinnen vom zwanzigjährigen Julchen eventuell - wenn auch der Verliebtheit geschuldet unbewußt - an der Schwelle zum Junggreisentum steht, modern und heutig scheinen. Doch der Opa in mir hätte es lieber gesehen, Ming häbe geschrieben, „mein Vetter und meine Kusinen". Der süße Ming ist jedoch drum bemüht den Fehler, allzu belehrend zu scheinen, zu vermeiden.

Vielleicht passiert es Ming, daß das Julchen eines Tages einen Sohn bekommt, und ihn „Justin Demian" (Dschjasstin Däimjn) nennen will? Was dann? „Ich find den Namen total schööön!" (sagtse)

Vielleicht hat sich die Oma Ella damals, als Ming „Iwan" benannt wurde, so ähnlich gefühlt, wie ich es täte, wenn ich einen Neffen mit Namen Dschjasstin Däimjän bekäme?

„𝕲𝕺𝕺𝕿 𝖆𝖈𝖍 𝕲𝖔𝖙𝖙! 𝖍𝖆𝖇𝖙 𝖎𝖍𝖗 𝖘𝖊 𝖉𝖊𝖓𝖓 𝖓𝖔𝖈𝖍 𝖆𝖑𝖑𝖊?!?" habe die Oma gänzlich entsetzt ausgerufen.

Hatte ich ein Glück! Ich war grad eben aus dem Duschhäusl in die Kleidungsstücke umgezogen, da ist der Dr. Bogad gekommen, an den ich überhaupt nicht mehr gedacht hatte.

Wie alle Tage gab sich der Doktor große Mühe, Privates und Berufliches strikt zu trennen, und dabei hatte mir Rehlein so viel gesagt, was man sagen könnte!

„Sag, du hattest zu tun! – Nein, so viel hattest du ja auch nicht zu tun!" hatte Rehlein so süß gesagt.

Der Doktor verschrieb mir etwas Homöopathisches, gab sich freundlich aber eilig, und als ich ihn frug, wie es ihm ginge, da meinte er etwas an der Frage vorbei, es gäbe sehr viel zu tun, und er versuche, den Spagat zwischen Homöopathie und Schulmedizin zu halten. Dann war er wieder weg.

Nach einer Weile leuchtete jemand auf. Die Irene war's, die im Sonnenschein über die Terrasse kam, und den Zwieback tatsächlich, wie bereits erahnt, vergessen hatte, so daß sie mir die Packung jetzt ganz zerknirscht schenkte („schunk" würde Rehlein hier an dieser Stelle geschrieben haben, um neckisch rüberzukommen).

Wir plauderten ein wenig, und ich empfand Irenes Aura als angenehm. Ihr Erstgeborener, Frederik, ist immer noch in seine überreife Kellnerin verliebt, und die Irene hatte sich bereits ein wenig mit ihr angewärmt. Doch die Munkeleswärme währte nicht sehr lang, und kühlte wieder ab.

Mit meiner Bewerbung bepackt lief ich über das Feld nach Lanzenkirchen zur Post.

Ich legte die Bewerbung auf den Tresen, und das Fräulein erzählte mir, daß eine Wurfsendung dieser Art so etwa 20 – 22 Tage bräuche, um an ihren Bestimmungsort zu gelangen. Sende man es jedoch per Express, so würde die Zeitspanne um zwei bis vier Tage eingedampft. Dies verstand ich nicht ganz: 20 – 22 Tage minus 2 – 4 Tage? Oder aber nur 2 – 4 Tage?" Das Fräulein schaute mich töricht an. „Die Frage verstehe ich nun überhaupt nicht!" las man in ihrer Miene.
Am 15. Dezember ist doch schon Stichtag, und so schickte ich es eben per Express.

Im Supermarkt ging es mir nicht so besonders, dieweil ich mein Herz spürte. Auf dem Heimweg tankte ich allerdings beim Anblick der weihnachtlich geschmückten Fenster etwas Lebensfreude.
Die lange gewundene Straße aus Lanzenkirchen führt direkt über den Kreisl nach Ofenbach, und auch in Ofenbach hatte man sich darin überboten, sein Haus so schön wie möglich zu schmücken. Ich war sehr gerührt, als ich an jenem Haus vorbeischritt, in welchem meine Schulfreundin Frieda lebt.

Vor rund dreißig Jahren
saßen wir im Klassenzimmer nebeneinander, und einmal hat die zehnjährige Frieda den Talar des Pfarrers mit Kreide beschmiert. Etwas, das der leicht hysterische

Geistliche, der sehr streng und unangenehm werden konnte, überhaupt nicht bemerkt hat.

Gerührt rief ich mir meine damalige große Erheiterung in Erinnerung.

Nun sah man Friedas taubstumme Mutti - mittlerweile zweifache Oma - anmutig an dem so schön geschmückten Fenster auf- und abtänzeln.

Daheim rief ich die Frau Wies an, die heut den 63. Geburtstag feierte. Die Tochter Michaela hob ab, und wir begrüßten uns wie alte Freundinnen. Mutti Wies habe heut für zwanzig Leute gekocht. Unter anderem einen Eiskrustenbraten, und sogar die Wenzels von nebenein eingeladen, und dies obwohl man einander *eigentlich* spinnefeind ist, so daß die fleißige Frau Wies vielleicht kurz in Versuchung geriet, ein Abführmittel in die Speisen zu mixen?

Nein! Mit dieser Einladung möchte man den kalten Krieg ein für allemal beenden.

Dann rief Rehlein an.

Herr Heike hatte mir so nett und erfreut geschrieben, und Rehlein las mir den Brief vor.

Ferner berichtete Rehlein, daß man dem Onkel Dölein dringend Tagebuchblätter schicken möge, damit er in Erinnerungen an die Europa-Reise schwelgen könne.

Wenig später rief Rehlein nochmals an, um ganz erschüttert zu fragen, warum denn der Mr. Bean nicht käme?

„Das war doch meine größte Freude!" jammerte Rehlein. Doch stattdessen kam heut eine andere englische Klamauk-Serie, die Rehlein auf die bockige Art eines Kindes, das die ganze Woche einer Riesenfreude entgegengefiebert hatte, die nun durch eine Riesenenttäuschung ausgetauscht wurde, mit Fleiß kein bißchen witzig fand.

Ich stellte mir vor, wie Rehlein wohl dereinst mit Mitte neunzig auf dererlei reagiert – ob sie vielleicht wild mit der Fernbedienung experimentiert?

Auch mein Großvetter Martin feierte heute Geburtstag. Er wird 45 Jahre alt. Ich rief an, und hatte mir schon überlegt, was ich wohl erzählen könne: Daß es mir leider wahnsinnig schlecht gehe: Herzbeutelentzündung nach einer verschleppten Grippe, und wie der Arzt heut hätte sagen sollen: „Ich könnte Sie theoretisch gleich auf den Friedhof einweisen, doch wie machen wir es dann mit der Versicherungskarte?"

Worte vom Onkel Eberhard traten mir in den Sinn: „Ich hoffe, ihr seid Euch dessen bewußt, daß es für Mutter wohl das letzte Christfest sein wird?"

Ob ich von meinem Onkel wohl die Neigung zum Dramatisieren geerbt habe?

Aber nur der Anrufbeantworter von Martin und Hertha meldete sich. Es sind hart arbeitende Menschen, die über die Woche kaum zu erreichen sind. Die 62-jährige Hertha ist Mutter eines 38-jährigen Sohnes. Gezeugt von einem chinesischen Konzertpianisten mit Namen Liu, dessen Konzertplakat noch heut an einer Wand bei denen klebt.

Ich erinnerte mich an die erstaunliche Geschichte, die die Hertha mir einst erzählt hat. Ihre beste Freundin Sabine fing etwas mit diesem, mehr als zwanzig Jahre jüngeren Sohn an. Zunächst war die Hertha stocksauer auf die Freundin. Dann aber ging sie in sich, da sie doch selber einen um zirka 17 Jahre jüngeren Freund hat, und so wärmten sich die Freundinnen wieder an.

Abends kamen so interessante Themen im Fernsehen, die wie auf mich zugeschnitten schienen: Im Stern-TV beispielsweise über Paare, die sich scheiden lassen wollen. Man bekam einen tiefen Einblick ins beklemmende Alltagsgeschehen alteingesessener Ehepaare. Doch mir ging´s nicht gut, so daß ich bereits kurz nach elf ins Bett strebte, obwohl mir im Kellergewölbe nach all den unheimlichen Filmen plötzlich gruselig zumute war.

„Kikalein!" rief Ming und klopfte ans Fenster.
Eigentlich hatte ich mich auf Ming gefreut, doch nun empfand ich das Wiedersehen als ernüchternd. Die Julia zeigte sich zuerst, sagte nur unpersönlich „Hallo", und hatte große Angst, sich anzustecken, dieweil sie selber halbkrank war.
Ming massierte zwar eine Weile lang mein Herz, doch dann mußte erst das Auto ausgeräumt werden, und es fühlte sich an, als wenn ein im rauen Alltag zu einem Team zusammengewachsenes Ehepaar hektisch die Wochenendeinkäufe auspackt. Sogar ein Mikrowellengerät stand herum.

„Ist sie jetzt gestorben?" frug das Julchen in trockenem Humore, weil ich ausgebreitet auf dem Teppich lag.

Später sagte Ming gönnerhaft, daß er keine Lust habe, sich anzustecken, während es ihm beim Julialein nichts auszumachen schien, und so schlich ich doppelt einsam und gebückt in den Keller hinab.

Mittwoch, 10. Dezember

Adventskalenderlich lieblich und krisp

Wieder schlief ich so mühsam ein (mein schmerzhafter Husten), und hinzu wälzte ich statt zweien nun vier Ärgernisse im Kopf herum. Ming´s B-Seite, und hinzu war ich auch auf Herrn Großmann wegen einer Banalität stocksauer, so daß ich im Geiste *bereits eine befremdliche E-Mail Schlacht mit ihm begann. „Daß Du geschrieben hast „Du meinst sicher 2004 statt 2005", hat das Faß zum überlaufen gebracht. Ich bin doch nicht blöd!" beschäume ich ihn brieflich.*

„Du meine Güte, man wird doch wohl noch nachfragen dürfen?!" stöhnt der Achim innerlich gereizt, da er wie fast alle Leute im Leben, die ihr Ziel nicht erreicht haben, an Aggressionen laboriert. Wie in einem Loriotfilm schraube ich die Zwistspirale immer weiter in die Höh. Meine Mails werden immer wütender, und zum Schluß schreibe ich unbeherrscht „Weißt Du was? Leck mich einfach am Arsch!" ← (Ein Unwort, das zurückzunehmen ein Ding der Unmöglichkeit wäre. Nein. Das Wort ist gefallen. Es lässt sich nie

wieder aus der Welt schaffen.) All dies dachte ich mir aus, *obwohl* ich doch in der Glücksformel gelesen habe, daß man von solch quälenden und marternden Gedanken nur eingeengt wird, wenn man sich nichts anderes in den Kopf füllt.

Am Morgen wurde ich sodann in das schöne Wetter hinein ans Ufer eines neuen Tages geschwemmt. Ich beschloss, den jungen Leuten mit neuer Frische, sprich, all meinen gebündelten Erkenntnissen darüber, wie man´s wohl besser mache, entgegenzutreten, obwohl ich mich mit Ming ja leider erst in einer Anwärmephase befand. Nett schälte ich zum Frühstück drei Orangen, obwohl Ming sensibel anklingen ließ, daß das Julchen keine äße, weil es so viel studieren muß.

„Dann eß ich sie selber!" sagte ich nett und unkompliziert.

Beim Frühstück zeigten sich Aspekte von Mings B-Seite: Der sensiblen Note hatte sich nun auch noch etwas poltrig Unbequemes hinzugesellt. Ming bemäkelte, daß ich die Mülltonnen nicht auf die Straße gestellt habe. „Du und der Wolf!" sagte er gar, „ihr tut immer so, als ginge euch das nichts an!"

Wir hörten die erste Symphonie von Brahms, und ich parodierte, wie ich hoffte erheiternd, wie es wohl sei, sich solch ein Werk mit einem echten Musikkenner anzuhören. „…und wie sich jetzt dieser Quart-Sext-Akkord mit tiefalterierter Quint im Baß auflöst!"

Ming wurde sehr verdrossen, daß in der CD-Hülle bloß mehr *eine* CD drin war, und dabei hatte ich dies Ming am Telefon doch gesagt. Doch Geschwister neigen dazu, sich Vorwürfe machen zu wollen, und nun stellte ich mir das Ehedrama der Großmanns vor, und überlegte, ob sich ein solcher Fall wohl in homöopathischen Dosen lösen ließe.

„Da steht ein Koffer im Flur!" sagte Ming vorwurfsvoll, und einmal bekrittelte er ein großes Loch in meinem Strumpf. Überall schien der stets präsente Vorwurf Mings, was wohl alles im Haushalt ungetätigt geblieben ist, rumzuhängen, aber jetzt fuhr Ming erstmal ergeben in die Kronen-Apotheke nach Wiener Neustadt, um Gesundungsmittel zu besorgen, so daß man positiv aufdenken könnte, daß nun endlich mit der Gesunderei begonnen werden dürfe. Ming hatte mir im Rahmen seiner Vorwurfsphase auch ein bißchen vorgerechnet, daß ich zu viel fernsehen würde, und in der Tat schaute ich, als Ming weg war „Schnuller-Alarm": Ein Baby, das einem ganz jungen Pärchen, 19 und 20 Jahre alt geschenkt wurde, erhielt den Namen „Amanda" (international „Ämänä" amerkanische schamlos ausgesprochen), doch der Name erinnerte mich an einen Transvestiten, und gefiel mir für das ofenfrische kleine Bündel nicht so gut.

Ich hatte mir ausgedacht, mein Herzleiden ein bißchen hervorzuheben, und dann vielleicht die ganze Zeit im grünen Sorgenstuhl sitzen und fernsehen zu dürfen, doch das Herumsitzen machte mich schon nach kürzester Zeit ganz nervös.

Nach einer Weile fühlte ich mich überraschend besser, und begann meine Ausloseleien für die Tagesgestaltung mit folgendem Kartengemisch: Ungrad=aufräumen und grad=üben. Ungrad kam, und ich war direkt überrascht, mit welcher Freude und Energie mich das Aufräumen erfüllte.

Auf der Eckbank lag so viel Studiermaterial herum: Mathematik und Molekularbiologie. Ich stapelte es und trug es hinauf ins Ashram, mich dabei direkt ein wenig wie die Dame Gerswind fühlend, als sie vor vielen Jahren zu unserer WG-Zeit in Trossingen mal energisch durchgreifen wollte, und mir mit wildem Ärger im Gesicht ein abgelaufenes Gurkenglas in mein Zimmer brachte und laut, hart, vorwurfsvoll und wachrüttelnd auf den Tisch stellte.

Ming, der mittlerweile wieder heimgekehrt war, zeigte sich höchst erfreut, daß ich so emsig aufräumte, und die Erfreuung ließ seine Sauertöpfischkeit wie Butter in der Sonne dahinschmelzen. Im Gegensatz zu Herrn Großmann hat Ming ja auch noch den Taschenspielertrick „das Gute hervorzuheben" intus.

Ich freute mich über die beiden Milka Adventskalender, die bei uns auf dem Kachelofen herumstehen, und fand sie wunderschön. Liebevoll detaillierte Wimmelbilder, worauf es allerhand zu entdecken gab.

Ich erklärte Ming und Julchen, wie man glücklicher wird, wenn man seinen Blick für die Details schärft. Was man auf diesen Adventskalendern mit etwas Aufmerksamkeit für bezaubernde Details ausmachen kann! Leider sieht das Auge eines Norm-Erwachsenen darin hauptsächlich die unnötige Geldausgabe.

Dann wollte ich meinen Lieben die grüne Mamba zeigen, obwohl ich stellvertretend für das müde und gestresste Julchen denken mußte „Was die immer für Themen hat!"
Ich spulte die Videokassette ein bißchen herum, fand die Stelle jedoch nicht.
Zuerst hatte Ming, der in Julchens Aura leicht vom Klassenzimmersyndrom besengt scheint, noch gesagt: „Wir müssen erst etwas tun!", doch jetzt, wo ich die beschwärmte Stelle nicht fand, wollte Ming unbedingt die grüne Mamba sehen, so daß man beim Rumsuchen und –spulen den Vorwurf „Hast du´s nun aufgenommen oder nicht?!" unschön im Nacken fühlte. Dann fand ich die Stelle gottlob doch, und als am Anfang kleine Bildstörungen zu beklagen waren, wurde Ming leicht ungeduldig. Das Julchen schlummerte die meiste Zeit auf Mings Knie.

Noch heute, vier Jahre danach, gibt´s mir einen Stich, wenn Oma Mobblns Sorgenstuhl leer ist, bzw. ein Anderer darin sitzt. Nur wenn ich selber drinsitze, so habe ich das Gefühl, Mobbln nahe zu sein.
Zur Dämmerstunde war es so zauberisch, doch ich mit meinem schmerzhaften Husten verließ das Haus heut nicht, und so mündete der schöne Tag - nur mit

den Augen genossen - alsbald in die Dunkelheit hinein.

Relativ früh bereiteten die jungen Leute ein Abendessen zu.

„Wie hältst du´s bloß aus? Tagein tagaus allein?", ritzte Ming sein Lieblingsthema an.

„Ich könnte mir nicht vorstellen, mit jemandem zusammenzuleben, und mich seinen Launen und Grillen auszuliefern!" sagte ich etwas pauschal, weil es in diesem Falle doch immer darauf ankommt, mit *wem!*

Unbekümmert plapperte ich drauf los: Daß die Irene von einem Franzosen gezeugt wurde. Einem lustigen Vogel, dem die Ilse auf einem Jahrmarkt in Frankreich begegnet ist.

Ein unerhörter Zufall, denn die Ilse wollte eigentlich gar nicht auf den Jahrmarkt gehen, und hatte etwas anderes vor.

Ming aber wurde von diesen Worten streng, weil´s doch sein könnte, daß das Julchen mal zur Irene sagt: „Dein Vater soll ja Franzose sein. Sagen zumindest die Königs!"

Doch wenig später sagte Ming einfach über Irenes Erstling Frederik, er sei ein Rechtspopulist und würde später seine Frau verdreschen. Ganz entrüstet wies ich diese Worte zurück, indem ich sagte, der Frederik sei kein Rechtspopulist, und benähme sich seiner Freundin gegenüber eher hündchenhaft!

„Wie ein gewisser Jemand!" fügte ich gutmütig spöttelnd hintan.

Am Abend rief mich die Hilde an, bloß um zu fragen, wie es mir geht. Dadurch, daß sie kurz vorher mit Ming telefoniert hatte, klang sie durch die elektrisierende Berührung mit einem historischen Glück freudig aufgeheizt.

Im Fernsehen lief Berlioz´ Symphonie fantastique dirigiert vom kahlköpfigen Christoph Eschenbach.

Ich dachte über die Paare nach, und frug mich, was sie sich wohl dabei denken? Zuerst tauschen sie andauernd vor Publikum Zärtlichkeiten aus, und später streiten sie vor Publikum – mit anderen Worten: Als Dritter im Bunde wird man einfach herausgefiltert, als sei man gar nicht da.

Donnerstag, 11. Dezember

Blass und vernebelt.
Durch die rosa Färbung der Wolken am Nachmittag
äußerst reizvoll

Leider schlafe ich - bedingt durch meinen chronisch gewordenen Husten - nun schon seit geraumer Zeit äußerst ungut.

„Die Akupunkturnadeln haben nichts aber auch gar nichts bewirkt!" stimmte ich einen Klagegesang im Stile von Ignatz Bubis an, der das Leben von früh bis spät zu beklagen pflegt.

Schließlich erhob ich mich zur Hochzeits-Doku, und als Ming mit nettem frischgebündelten Schwung hinzutrat, ging´s grad um die sogenannten Braut-entführungen, mit denen sich reiferetardierte Erwachsene zu belustigen pflegen.

Der walroßartige LKW-Fahrer, der die Frau mit der Rupffrisur heiratete, wollte aber ausdrücklich *keine* Brautentführung, und man hat gemerkt, wie er ungemütlich werden kann…

Nach einer Weile kam das verschnupfte Julchen hinzu, und wir grüßten einander nicht, dieweil es uns vielleicht so geht, wie der Irene mit der unehelichen Schwiegertochter? Nachdem man sich ein bißchen angewärmt hatte, ist die Anwärmung auch schon wieder abgekühlt.

Nach Art vom Onkel Rainer in Kanada hatte Ming einen Porridge zubereitet - einen Brei, der mit Ahornsirup verfeinert und verköstlichisiert wird.

Die jungen Leute aßen augenblicklich los, ohne nach links und rechts zu schauen oder einen guten Appetit zu wünschen, während ich noch im grünen Sorgenstuhle saß.

Nach einer Weile unterhielten wir uns allerdings packend darüber, daß die Daaje dick geworden sei, nachdem sie mir im Sommer doch ganz normal erschienen war. Doch damals hatte sie wahrscheinlich grad eine Diät abgehalten, und nun hatte der Jo-Jo-effekt voll zugeschlagen, da sich die unreife Daaje beim Diäthalten unentwegt vorstellte, wie sie nach Abschluß der Diät in ein köstliches, von der Sonne zart angeschmolzenes Magnum-Mandel beißt, um es lüstern auf der Zunge zergehen zu lassen.

Ming psychologisierte auch noch darüber, was die Dame Gerswind wohl alles falsch macht, so daß ich den Fernseher abschaltete, um seinen Worten noch intensiver lauschen zu dürfen. Sie mache Bemerkungen, so daß sich die kleine Daaje fett, häßlich und traurig fühlt. Ming jedoch habe sich beeilt, ihr zu versichern, daß sie süß sei, und Worte dieser Art, von den Lippen eines Herrn haben die Daaje auch bald wieder froh gestimmt.

Dann sprachen wir über die Nahtod-Erfahrung. Ein Thema, von dem das Julchen gar ein ganzes Journal besaß, das jetzt eifrig herbeigeholt wurde. Ich erzählte, wie ich auch einmal eine Nahtoderfahrung hatte: Ich schlummerte, und plötzlich habe sich meine Seele vollkommen aus dem Körper gelöst, so daß ich mit einemmale an der Decke schwebte. „Das nächste mal schmiere ich Uhu dorthin, damit sie gleich dort kleben bleibt!" sagte ich sehnsuchtsvoll über diese wundervolle Erfahrung.

Ich frug Ming, wie lange es wohl dauern wird, bis er nach meinem Exitus wieder lustig ist, und Ming meinte, am Nachmittag würde er wieder fröhlich sein, weil es mir doch gar nichts nütze, wenn er Trübsal bläst.

Dann retirierte man sich wieder zum Studieren.

Ich fühle mich in Ofenbach mit dem Liebespaar unwohl. Ming hat sich so eine trockene Lustigkeit angewöhnt, die gar nicht zu ihm passt, und mir somit ganz fremd ist. Aber nach einer Weile besuchte ich ihn oben, um am Computer ein E-Mail vom süßesten Rehlein zu lesen.

Nach langer Zeit nahm ich heut mal wieder Bartoks mörderische Solo-Sonate zur Hand.

Weder höre noch spiele ich sie gern, und doch lebe ich mit dem Grundgefühl, daß dieses Werk - sollte jemand mit dem Finger auf mich zeigen und mich mit dem Befehl „Béla Bartók: Sonate für Violine Solo!" bebarschen - wie aus der Pistole geschossen ertönen sollte, da es aus dem Grundrepertorium eines modernen Geigers nicht wegzudenken ist.

Im ersten und zweiten Satz atmet das allgemein hochgeschätzte Opus die Trostlosigkeit, die einen umgetopften alternden Menschen umfasst – in Bartóks Falle die Umtopfung nach New York, diesem lauten fremden Ort, wo man von Anbeginn an vom Gefühl begleitet wird, hier niemals heimisch werden zu können - ebenso wenig heimisch, wie sich der Geiger in diesem Werk fühlen soll. Mürrisch und verdrossen schien der Komponist das von Sir Yehudi Menuhin in Auftrag gegebene Werk in Angriff genommen zu haben: Nachdem er den Anfang von Bachs Chaconne vermagyiarisiert hatte, um sich einzukomponieren, begann ein Auf- und Ab der Gefühle: Schrilles Gekreische einer aufgebrach-ten Ehefrau wechselt mit schwer verständlichem Gegrummel in den tiefen Lagen, gefolgt von dissonant klingenden Spreizgriffen. Auf Zeile drei beginnt ein vierzeiliges Notenbeet, das auf mich wie ein kleiner Teppich für Punkteabzüge wirkt: Schafft man den hohen Sprung, und die anschließenden Tonabsäbelungen hoch oben auf der G-Saite, wo die Luft für den Normgeiger dünn zu werden pflegt?

Beim Üben wurde ich stocksauer, und fühlte mich wirklich an wie eine Ehefrau, die mit ihren aufgestauten Jeremiaden einfach nicht mehr hinterm Berg halten *will*: Ich hatte nämlich das Gefühl, Ming und Julchen wären einfach grußfrei gegangen. Ming zum Herwig, und das Julchen zum Studieren. Doch ich beruhigte mich wieder, und nach einer Weile kehrte Ming sogar wieder zurück, so daß ich freudig auf sein Auto zueilte, um statt der geplanten Jeremiade eine Nettigkeit anzubringen.

Ming telefonierte mit der Annelotte in Wien, der es leider ungut geht, da ihr eheliches Glück mit einem Herrn, den noch nie jemand gesehen hat, nur noch mit Mühe aufrecht zu erhalten ist. Mehr noch: Es wackelt wie ein paradontitischer Zahn.

„Bald kommen wir in das Alter, wo die meisten wieder zu haben sind", sagte Ming bekümmert, weil man es lieber sähe, wenn die Liebe stabil und haltbar wäre. Sogar über die Hilde weiß Ming jetzt etwas aus erster Hand, dieweil er doch gestern mit ihr telefoniert hat. Sie sei dabei, ihr Leben neu zu ordnen, und wolle sich scheiden lassen, da ihr Mann, der sich vormals modern und weltgewandt gegeben hatte, nun doch zu muslimisch würde. Das Kinderzimmer könne abbrennen, und er würde seinen Gebetsteppich nicht verlassen.

In der HÖRZU konnte man sehen, wie unglaublich berühmt Anne-Sophie Mutter ist: Es war nämlich eine Fotografie ihres Ehemannes abgebildet, dessen Namen sich aus den getönten Kreuzworträtselquadraten zusammenklauben ließ: André Previn.

So stellte sich uns beim Mittagessen die Frage, wie das Zusammenleben mit diesem alten Herrn wohl aussehen mag? Ob er, der große Dirigent wohl noch viele Angebote bekommt? Es könnte jedoch ebenso gut sein, daß er sich vorgenommen hat, gar nichts mehr zu tun und nur noch der Liebe zu leben.

Einmal sagte ich: „Ich glaube, ich weiß, warum ich so klapprig bin!" Und während ich dies noch sagte, wurde mir eine alte Weisheit ins Hirn zurückgespült: „Wissen und glauben schließen einander aus! Aber „ich glaube zu wissen" darf man doch wohl sagen? „Es liegt an meinen Schuhen!" Denn wenn man auf meine Füße, die in Opas Babuschen staken draufschaute, sah es aus, als wären dies Opas Beine, und der Opa wäre aus dem Grab gestiegen und säße wieder bei uns am Tisch.

Zur Dämmerstunde spazierte ich nach Lanzenkirchen auf den Friedhof. Diesen Spaziergang genoss ich über alle Maßen, da sich am Himmel ein unglaublich beleuchtetes rosa Wolkenbett zeigte, das sich ausgerechnet um die Lanzenkirchner Kirchturmzipfelmütze herum gebildet hatte. Ein Anblick, von dem man die Augen kaum abwenden konnte, so verzückend war er! Ich versuchte mir vorzustellen, wie ich es mir mal vorstelle, wenn ich diese Zeilen dereinst, in der Vergangenheit schwelgend, im Tagebuch lese, doch als ich dann wieder hinschaute, bemerkte ich, daß es in Wirklichkeit viel, viel schöner war.

Dann öffnete ich die mit den Jahren ein wenig jaulig gewordene Friedhofspforte, um nach Opa und Oma Mobbl zu schauen, obwohl der Zauber der rosa Färbung mittlerweile sehr stark dem Dämmer gewichen war. Nur noch ein matter Abglanz dessen, was ich zuvor noch so schwärmerisch besungen hatte, war mir geblieben.

Ich stand am Grabe und murmelte meinen Groß-eltern einen Brief zu, den ich ihnen hätte geschrieben haben können. Ich erzählte von Oma Ellas Exitus, und sprach davon, wie tausendmal schöner das Leben war, als alle noch da und gesund waren.

Dann kaufte ich ein, und als ich den Supermarkt wieder verließ, war es nachtesdunkel geworden.

„Offiziell der bedeutendste Musiker von Ofenbach ist ja der Radax!" hatte ich Ming heute schon gesagt, und in jener Gasse, wo der gefürchtete Lehrer für Mathematik, Musik und Kunst lebt, mußte ich naturgemäß sehr an den Radax denken. Einen Herrn, der sich auf das Akkordeonspiel versteht, das sich bei ihm so unerhört niederösterreichisch anhört, daß es schier zum lachen ist!

Als höchst beruhigend empfand ich's, daß im Hause von Anna Frühwirth kein Licht brannte. Wo soll eine so alte Dame (89 Joahr) um diese Uhrzeit wohl sein?

Leider lehrt die Erfahrung folgendes: Wenn jemand in dem Alter nicht zuhause ist, so liegt er entweder im Spital oder bereits im Kühlhaus.

Abends schaute ich „Ohayo", einen japanischen Film aus dem Jahre 1959.

Von japanischen Filmen bekommt man plötzlich ein gänzlich neues Dialogführungsgefühl.

Der Film handelte von zwei Buben, die unbedingt einen Fernseher wollten, und in einen Sprechstreik traten. Sie würden so lange kein Wort mehr sprechen, bis die Eltern einen Fernseher gekauft hätten.

Freitag, 12. Dezember

Klar und schön. Am Nachmittag flammende
Wölkchen

Ich träumte *von einem Fachwerk-Caféhaus das so etwa dort stand, wo sich im wahren Leben das Hochzeitshaus in Grebenstein befindet. Bloß war die* im wahren Leben nur leicht wellig verlaufende *Schnurstraße so steil, wie die steilste Straße Europas in St. Andreasberg. So steil, daß vielen Senioren, die sich schnaufend zum Caféhaus in die Höhe mühten, der Rollator, wenn man ihn denn mal kurz losließ, uneinfangbar hinabrollte und dabei immer schneller wurde.*

Dieses Caféhaus besuchte ich im Traum. Dummerweise hatte sich ein Faden meiner Jacke in die längliche Handtasche einer glanzlosen Seniorin verklemmt, die auf stumpfsinnige Weise gar nicht reagierte, als ich sie höflich antippte.

Schließlich schien ich in einen wunderschönen Sommermorgen hinein zu erwachen, so schön glitzerte die Sonne durchs Fenster.

Das Julchen berichtete, daß Ming krank sei. In der Nacht wäre ihm plötzlich schlecht geworden.

Wenig später saß er bleich und geschwächt in Mobblns Sorgenstuhl.

Leider ist mir Ming durch das Julchen ein wenig fremd geworden.

Die ganze Zeit möchte man sich umkonditionieren und nur noch nette und freundliche Gedanken hegen. Will man denn, daß Ming ein Hagestolz wird oder wie?? berüttele ich mich selber mit klugen und einsichtsvollen Gedanken, doch Mobblns Erbmasse in mir führt Regie, und in meinem Inneren spielen sich Szenen der folgenden Art ab: *„Was du an ihr findest ist mir unbegreiflich!"* erlaube ich mir Worte wie von einer versnobten höheren Tochter.

Ich schaltete den Fernseher ein und schaute „Fränklin": Eine allvormittägliche Krawallo-Sendung für Arbeitslose. Den Fränklin finde ich ganz besonders nett. Es handelt sich um einen humorvollen Herrn, auf dessen Zügen eine latente, mal schärfer, mal milder ausgeprägte Dauer-belustigung liegt, und mit dem man sehr gerne einen Abend verbrächte.

In der heutigen Sendung ging es um arbeitsscheues Gesindel, und wir lernten einen entgleisten Adeligen kennen. Einen erfolglosen Schauspieler, der „im Traum nicht daran dachte" zu arbeiten und hochversnobte Worte anbrachte wie: „Vielleicht findet sich mal eine blöde Gans, die sich mit meinem Adelstitel schmücken möchte, mich heiratet und durchfüttert."

Und schon wurde zum nächsten Fall hingeschwenkt:

Die leicht versifft wirkende 25-jährige Nicole, mit einer von hartnäckigem Dauerschnupfen entzündeten Nasenregion und hinzu hefeartig aufgequollen, wollte ihrem „Freund", bzw. Vater ihrer beiden Kleinkinder „den Kopf waschen", dieweil er nach Art von Hildes Omar fast immer vor dem PC sitzt und Tetris spielt. Sie wollte ihn dazu motivieren, den Arsch hochzubekommen, in die Puschen zu steigen und sich um einen Job zu bemühen, auf daß man endlich mit dem vielbesungenen Familienleben loslegen könne. Doch der leicht arrogäntliche Freund sah es nicht ein, für einen mageren Stundenlohn von fünf €uro zu malochen.

Das Wetter war so wunderschön, daß ich mich zur Mittagsstund´ wieder für meinem Spazierweg nach Lanzenkirchen verpackte. Zuvor aber schaute ich noch nach Ming. Der Kranke lag leidend und appetitlos im Bett, und das Julchen saß bekümmert daneben.

Auf der Terrasse hieb ich noch ein paar Walnüsse als Wegzehrung auf, stopfte sie in meine Taschen und lief sodann den Kalgassenbuckel hinab. Und wieder (sowohl auf dem Hin- als auch dem Herweg) wirkte das Haus von Frau Anna Frühwirth so ausgestorben, auch wenn all die liebevollen Kleinigkeiten noch von ihrer Existenz zeugten. Die Blumen auf dem Fenstersims beispielsweise.

Ein Reklameblatt, das gestern noch nach Art einer ausgestreckten Zunge aus dem Briefkasten herausragte, war entwendet worden und ich frug mich, ob das alte Knochengestell wohl im „Schbiddoi" Spital liegt?

Später, auf dem Heimweg, als es bereits dunkel war, dachte ich jedoch positiv, damit ich nicht traurig werde: Daß sie sich vielleicht einen letzten Traum erfüllt hat, und ihre Schwester in Amerika besucht?

Zunächst lief ich jedoch hin. Am Himmel herrschte eine gänzlich andere Beleuchtung, als gestern zur selben Uhrzeit. Auf klarem so jedoch bereits abgematteten Himmel leuchteten die Wolken in hellem Golde.

Wieder besuchte ich Opa und Mobbl, und dachte währenddessen über Anne-Sophie Mutters Eheleben mit einem uralten Herrn nach, der bereits am Rande des Grabes zu wackeln scheint.

Ihr erster Mann Detlev sei äußerst kultiviert gewesen, so heißt es: Ständig las er ihr Geschichten vor. Werke und Gedichte von Hölderlin und Stefan George, und abends besuchte man im Allgemeinen das Theater oder die Oper. *Im Vergleich dazu, ist ihr neuer Mann André ein sehr lockerer, vergnügungs-orientierter Mensch. Für Oper und Theater mangelt es ihm schlicht an Geduld und Sitzleder.*

„Ich kann nicht so lange sitzen, mein Schätzelchen!"

„Aber du sitzst doch den ganzen Tag vor dem Fernseher!"

„Drum. Da kann ich abends nicht auch noch sitzen!"

„Aber du sitzst doch auch abends vor dem Fernseher. Es gibt übrigens auch Stehkarten für Studenten."

Und so geht's den ganzen Tag.

Er geht einfach lieber in den Zoo, oder aber schön Essen. Er legt sich gern ins Gras, picknickt in der Natur und schaut am liebsten Seifenopern. So wie ich.

Vor dem Supermarktsportal begegnete ich der ehemaligen Dorfschullehrerin Frau Heinzl, mit der ich mich etwas angestrengt unterhielt, da sie mir sehr fremd ist. Sie hätten auch Musiker in der Familie, berichtete sie vage, und im Grunde wenig interessenaufwirbelnd, da ich ja selber welche in der Familie habe.

Nach dem Einkauf lief ich wieder heim. Mir schien's, als liefe ich ganz langsam – dadurch aber, daß ich stetig lief, war ich irgendwann wieder zuhause.

Daheim rief ich Harry Frühwirth an, um nach seiner alten Tante zu fragen, die ja vielleicht gestürzt ist und im Spital liegt, so daß ich sie im Geiste bereits besuchte. Doch niemand hob ab.

Manchmal widmete ich mich dem kranken Ming, frug anteilnehmend, ob sich am Horizont wohl schon eine leise Besserung abzeichne, und erbot mich, ihm Kasperlepuppentheater vorzuspielen. Doch Ming - so gerne er sich sonst auch ein Kasperletheater vorspielen lässt - war im Moment einfach zu marode für dererlei, und eine Besserung zeichne sich zur Stunde noch nicht ab.

Einmal rief das Beätchen an, doch das Gespräch verlief mühsam, dieweil ich meine eigene Stimme immer als Echo hörte, und dieses Echo wiederum klang wie Rehlein. Dann rief auf dem anderen Telefon Rehlein selber an, und ich hielt die beiden Telefonhörer zusammen.

Rehlein hatte dem Beätchen ein Bild von einem Eisbären geschickt, der Softeis schiss, doch das Beätchen fand das gar nicht sooo witzig. Sie fand es nur ein bißchen witzig.

Dann hörte ich Stereo: Auf dem einen Ohre Rehlein, und auf dem anderen die Bea, und dadurch, daß beide zunächst so ungefähr das Gleiche sagten, ging's. Man mußte immer nur „ooh!" und „hahaha!" sagen.

Doch dann begann die Bea die Geschichte von einem Nachbarn zu erzählen. Rehlein hatte gemeint, dies sei eine spannende Geschichte und schenkte der Bea gespitzte Ohren, doch die Bea wollte mit dieser Geschichte nur verdeutlichen, daß Rehlein die Neigung habe, ständig Geschichten über jemanden zu erzählen, den man doch gar nicht kennt.

„Rehleins Geschichten sind doch dazu *da*, diesen Jemand kennenzulernen!" warf ich ein, und fand Beas Art, einen ständig so häßlich vor den Kopf zu stoßen, einfach unmöglich.

Nach dem Telefonat setzte ich mich an Mings Bett und begann eine Geschichte vorzulesen. Sie hieß „Der Ägypter". Nach einem Kapitel retirierte ich mich wieder, und sagte „Auf Wiedersehen!"

„Auf Wiedersehen!" sagte auch das im Schein der Lampe studierende Julchen und „beehre uns bald wieder!"

Meine Schritte entfernten sich, doch kaum war ich unten an der Treppe angelangt, da kehrte ich schon wieder um, und sagte: „Grüß Gott!" und las Ming die nächste Geschichte vor.

Ich rief unsere Jubilarin Lisel an, die heut den 71. Geburtstag feierte, und die Lisel war sehr nett gestimmt. Überraschend sagte sie sogar den sehr persönlichen Passus: „Ich dachte schon, du hättest uns vergessen, weil wir so lange nichts mehr von dir gehört haben!"

Das Julchen setzte sich derweil an den Eßtisch, um einen großen Weihnachtsstern zu basteln.

Ich schaltete den Bildschirm ein, und wir schauten „Bunte-TV": Heute mit Katharina Witt, dem einstmals so gefeierten Eislaufstar der DDR. Fasziniert schaute ich auf die verblühte Schönheit und konnte es nicht fassen, was aus einem wird, wenn das Alter einen benagt.

Samstag, 13. Dezember

Heut eher etwas bleich.
Dottrig vernebelt,
und wenn man aus dem Klofenster schaute,
sah man am Horizont graue Eiswolken aufziehen

Durch die Globuli ist mein Husten viel schneller geworden, doch der positiv Denkende hofft natürlich, darin ein Zeichen der Heilung erkennen zu dürfen.

Beim Frühstück sprachen wir über Horoskope. Das Julchen pflegt ein Hochglanzmagazin mit Namen „Maxima" zu lesen, und darin war zu lesen, daß der sensible Zwillingsmann für die ruhelose Wassermannsfrau wie geschaffen sei. An anderer Stelle wiederum stand etwas Ute M.haft geschrieben, daß es einem ruhigen Waage-Mann gelingen könnte, die ruhelose Wassermannfrau in den Hafen der Ehe zu lotsen. Sogar über mich las Ming, und alles stimmte genau.
„Stimmt. Die Eifersucht war immer dein Problem!" sagte Ming, und dies gefiel mir, weil's genau stimmt.
Einmal rief Rehlein an. Rehlein befand sich, bildlich gesprochen an der Abschußrampe Richtung Ofenbach und mußte heut schier unglaublich viel bedenken. Zum Beispiel fehlten dem treuen Rehlein noch vier Adressen für ihren heuer so pünktlich fertiggewordenen Weihnachtsbrief.

Beim Adressensuchen in meinem Notizbuch fiel mein Blick auf die Adresse von meinem einstigen Verehrer Walther Bohnke, und so rief ich ganz spontan dort an, und sprach auf den Anrufbeantworter.

Wenig später rief Renate Bohnke an, und nach so vielen Jahren bekam ich nunmehr Gewissheit, daß Herr Bohnke tot ist. Er starb am 27.4.2000 im Alter von 79 ¾ Jahren. Etwas, das mich sehr überraschte, da ich ihn damals vor über zwanzig Jahren bereits auf 88 geschätzt hatte.

Frau Bohnke hat sich irgendwann vor vielen, vielen Jahren angewöhnt, sich in ruppig trockenem Gewande zu präsentieren, und diese Art beibehalten, weil sie womöglich noch von niemandem darauf aufmerksam gemacht worden ist? („Die Frankfurter Schickeria ist mir schnuppe!")

Durch den Hörer tönte mir somit die etwas regentrübe Deprimanz des Alters entgegen.

Aber wenigstens bekam Herr Bohnke posthum noch einen Anruf. Sein Ende sei schrecklich gewesen, denn er löste sich regelrecht ins Nichts auf! Magengeschwüre und Venenleiden. Seiner heut 80-jährigen Witwe, auch wenn sie den Witwenzustand sehr genießt, geht´s jedoch auch schlecht: Ischias!

Ich setzte mich neben Ming an den PC und wir Geschwister schauten uns Fotos an.

Die Fotos aus Aurich hoben mir nicht unbedingt das Gemüt: Sie zeigten einen verregneten Sommer. Man schaute beispielsweise auf den windverblasenen

Sommergast Dodik, von dem es heißt, er sei auch nicht glücklich.

Ming klickte weitere Fotos an:

Das Lindalein, noch immer wie immer aussehend, saß am Klavier und atmete ganz viele Facetten der Verwandtschaft: Von Omi Mobbl die Leuchtenfrisur, (einen kunstvoll auf der Kopfoberfläche zusammengebastelten Dutt, der wie ein Flämmchen auf einer Kerze wirkend, dem Träger einen erleuchteten Anschein gibt), und die von Rehlein und mir ererbte Neigung, sich in einer Strampelhose mit Eislaufröckchen zu präsentieren. Doch langsam schimmert auch eine gewisse Strenge, und die Fremdheit von der Omi Ägypten durch.

Wir freuten uns so unbändig auf das allersüßeste Rehlein vor. Ming hatte die Idee, Rehlein zu Ehren das Haus von oben bis unten durchzusaugen. Ein Vorschlag, der mich eher mürrisch stimmte.

Am Abend schrieb ich Weihnachtsbriefe an die Familie Seemann, Herrn Henheik, die Koppelstätts (Pfarrer und Haushälterin) und sogar das Ehepaar Wulf. Lauter Bekannte, die strenggenommen eigentlich gar keine sind, die ich jetzt aber aus einer Laune heraus wachgebusselt habe. Vielleicht ein Erbmolekül von Omi Mobbl, da in unserem Flur ein kleines orangefarbenes Oktavheftchen herumliegt, in dem Mobbl lauter Adressen und Ideen, was man wohl für schöne Briefe schreiben könne, hineinnotiert hat. „Altmeyers" steht auf Seite 1 ganz oben zu lesen, und dabei seien die Altmeyers, Nachbarn und eher flüchtige Bekannte, doch gar nichts Besonderes gewesen? Er, knurrig und verschlossen, Sie äußerst schwatzhaft und verschwörerisch…na Ehegespanne dieser Art kennt man doch zu Genüge.

Ming, der immer auf dem Sprung zu neuen Ufern ist, fand meine Briefe zu jenseitig. Er wusch mir den Kopf, indem er durchschimmern ließ, daß ich zum Stillstand gekommen sei, dieweil ich nichts Neues mehr lerne, sondern immer bloß das gleiche tue: Zum Beispiel Tagebuch schreiben, so wie jetzt grad auch. Ming fände es besser, wenn ich das Abitur nachhole und Sprachen lerne. Doch dann rechneten wir unseren Verdienst für 2003 aus, und ich kam auf über 14 000 €uro. Mit mehr als 1100 € im Monat bin ich doch eine Frau, die einen regelrechten Beruf ausübt, jubilierte ich freudig, und fühlte mich wie eine Chefsekretärin.

Gegen Mitternacht, als man eigentlich im Bett hätte liegen sollen, lief noch „Deutschland sucht den Superstar".
Zwischendrin kamen noch Softpornoeinlagen, die für Jugendliche unter 16 Jahren ungeeignet waren: Eine Frau mit sagenhafter Figur, allerdings eher dümmlichem Gesicht, strippte an der Kegelbahn.

Sonntag, 14. Dezember

Ziemlich grau bewölkt

Krachend stolperten die Töne aus dem Flügel heraus.
Dieser Satz stammt nicht von mir. Er stammt aus
einem Gedicht vom 17-jährigen Friedel, das der
Friedel einst zu Ehren seines Vetters Ming
niedergedichtet hat – und heute passte dieser Passus
wie angegossen zum morgendlichen Geschehen.

Über mir übte Ming den Totentanz von Franz
Liszt, dieweil er sich unterfordert fühlte, und mal
etwas Neues beginnen wollte.

In der „Ganzen Woche" war ein Foto von dem
ofenfrischen Baby von Wilhelm Alexander und
Maxima abgebildet. Ming fand das Baby sehr süß,
und wenn man ganz genau hinsah, so sah man sogar
die Züge von Königin Beatrix hindurchschimmern.
Ich schnitt uns das Foto aus und klebte es an den
Kühlschrank, auf daß sich zarte familiäre Bande für
dieses Baby bilden könnten, und stellte mir vor, wie
ich es mit über achtzig Jahren vielleicht noch mit-
erlebe, wie es dereinst zur Königin gekrönt wird?

Ming war sehr spitz darauf, den Clara Haskil-
Wettbewerb im Fernsehen anzuschauen, und wir
hielten Wetten ab, aus welchen Ländern die Finalis-
ten wohl kommen könnten?

Drei Herren spielten je ein ganzes Beethoven-
Konzert.

Zunächst der 24-jährige hölzern, schlank und ernsthafte „Herbert Schuch" das erste Klavierkonzert.

„Ob der wohl schon eine Freundin hat, die ihm die Sinne verwirrt?" sagte ich, und: „von diesen Händen möchte man als Frau durchgeknetet werden!" Hernach spielte ein ganz jung ausschauender Österreicher, der allerdings leider einen hässlichen Mund hatte, mit welchem er ausschaute wie Jemand, der seiner eigenen Mutter schon mal eine gelangt hat.

Später spielte noch ein Russe Beethovens Fünftes, doch ich war des trägen Herumsitzens überdrüssig geworden, und retirierte mich zum Üben, obwohl sich die brutalen Naturakkorde in Bartoks Solo-Sonate grob mit dem schönen Beethoven Konzert bissen, so dass ich mit meinem musikalischen Gehölze extra in eine der hinteren Kammern umzog.

Dann wurde überhaupt kein Preis verliehen!
In dieser grauen Stimmungslage gut Wetter zu machen suchend, bat die Moderatorin das Publikum zwar um einen herzlichen Applaus für die drei Pianisten, doch die fleißigen, um ihren Lohn betrogenen Künstler standen nur ganz versteinert herum.

Beim Üben wurde mein Blick durch das Fenster hinaus auf Georg Vitzthum draufgesogen. Er bestieg den steil in die Höhe führenden Wanderweg in den Wald hinein, und hatte von hinten so eine bekümmerte Ausstrahlung, wie ich fand. Ich bekam

Zeitlang nach den Vitzthums, und brannte darauf, denen von den Großmanns zu erzählen. Die passenden Worte saßen mir bereits im Kopf: „Ich habe ein Ehepaar kennengelernt, bei dem es noch ärger zugeht als bei euch!"

Beim weitergeigen stellte ich mir vor, wie der Großmann scherzt: *„Unsere Ehe ist in gewisser Hinsicht besser geworden. Früher stritten wir uns fünfmal am Tag, jetzt nur noch einmal….. dafür aber etwas länger – nämlich den ganzen Tag!"*

Im Mittagsjournal wurde berichtet, daß Saddam Hussein verhaftet wurde. Mit wild gewachsenem Bart und langem Haar leicht an den Berggeist Rübezahl erinnernd, fand man ihn in einem Erdloch.

Mit wirrem Blick schaute er in die Kamera.

Abends kehrten Ming und Julchen von einem Besuch zurück. Ming begrüßte mich sehr nett, und ließ anklingen, daß sie oben ein lecker´ Abendessen zu kochen planten.

Das Julchen kochte Spaghetti.

Jeder Satz, den Ming an das Julchen richtet, endet mit einem „Schatz!", so daß es höchst seltsam wirken würde, wenn dieses Wörtchen mal ausbliebe.

Ich stellte mir vor, *wie Ming anfangen würde, das Julchen „Schnuckiputz!" zu nennen.* Ein lachhafter Kosename, mit dem unser Nachbar in Japan, der renommierte Pianist Paul D. seine Freundin Cornelia bei Laune zu halten suchte, die von Tag zu Tag unzufriedener mit dem Leben im Schlepptau des beschwärmten Konzertpianisten wurde.

Dies dachte ich, da auch das Julchen den ganzen Abend über eine leicht unzufriedene Ausstrahlung ausströmte. Wahrscheinlich bedrückte sie die Prüfung am Dienstag, oder sie hat keine Lust mehr, dieses öde Fach weiter zu studieren und würde ihrem Naturell gemäß lieber etwas Künstlerisches betreiben: z.B. Tanzen. Aber man kann doch nicht jedes Semester das Fach wechseln?

Montag, 15. Dezember

Zart eingezuckert.
Wunderschöne stimmungsvolle Dämmerstunde.
Mittags lieblicher Sonnenschein

In der Nacht hustete ich immer noch lang und bös, und dabei endete doch heut der fünfte Tag und damit die Therapie vom Dr. Bogad.

Das Telefon schrillte.

Buz und Rehlein meldeten sich aus Bayern, wo's grad wie hier geschneit hatte. Man bewegte sich auf uns zu, und ich konnte es einfach nicht mehr erwarten. Ich stellte mich ans Fenster, und versuchte, die beiden mit meinen Blicken etwas schneller herbeizusaugen.

Dann schaltete ich die Hochzeitsdoku an:

Wir Zuschauer lernten einen etwa 42-jährigen froschartigen Herrn kennen, der sich extra seinen Anzug umbessern lassen mußte, damit sein Bauchansatz etwas besser kaschiert würde. Und auch dieser Herr hatte eine passende Frau gefunden.

Ming hat sich so eine unangenehm krittelige Art angewöhnt. Vielleicht hatte er die ja schon immer, doch jetzt im Banne dessen, daß er vor dem Julchen den Hündchenhaften drauf hat, ärgert es mich doppelt und dreifach, obwohl ich mich immer bemühe, die Lehren der Glücksformel zu beherzigen, und keine Mißstimmung aufkommen zu lassen, obwohl doch Mobblns Erbmasse versucht, sich in mir zu entfalten und auszubreiten. Dies merke ich daran, daß ich dazu tendiere, alles negativ zu sehen.

Doch anders als Mobbl erlaube ich mir diese bequeme Sichtweise nicht, und drehe das Negative gewaltsam ins Positive um.

Ming sprach davon, daß ich die Haare waschen und mich nett einkleiden solle. Ich aber scherzte, daß ich die spinatgrünen Leggins extra für Buz angezogen habe, da Buz doch so gerne Spinat ißt. Extra für die Ohren vom Julchen, das dererlei wohl kaum groß interessieren dürfte, führte ich diese Erzählung auch noch ein bißchen besser aus: Seit Jahrzehnten bestellt Buz im Milano seine Pizza Spinaci, und dies täte er doch wohl kaum, wenn ihm die Farbe mißhagte?

Ming berichtete, daß er Herrn Vitzthum getroffen habe: „Grüß mir meine Schwester, äh, deine Schwester!" habe er gesagt, so daß man sich aufwundern darf, woher er wohl weiß, daß ich hier bin. Ob man dies an der veränderten Aura in Ofenbach gemerkt hat?

Überraschenderweise bekam das Julchen heut schon wieder einen Brief ihrer Klavierlehrerin. Das Julchen freute sich sehr darüber, weil´s so ausschaut, als wolle die Klavierlehrerin ihre allerbeste Freundin werden. Sogar Fotos hatte die alte Dame beigelegt. Auf einem sah man Ming als Konzertpianist mit Krönchen am Flügel sitzen, und der Brief schien mir eigentlich auch eher für Ming gedacht. „Großefehn" (ein Ort in Ostfriesland) habe ihr neulich einige Rätsel aufgegeben, die sie gerne gelöst haben würde, doch was die Rätsel im einzelnen gewesen sein sollen, schrieb sie auf Alzheimerbasis wiederum nicht. Die Schrift sah ein wenig unordentlich aus, so daß ich eine Bemerkung darüber riss.

Das Julchen schrieb mir auf einen Zettel:

Liebe Kika!

Hier ist meine Schrift. Was bin ich für ein Typ?

Deine Julia

Das fand ich so nett, so daß ich das Julchen von diesen schlichten Zeilen tief ins Herz schloß.

„Ich glaub, ich mach doch kein Abitur!" sagte ich zu Ming, und wollte die Schwarzwaldklinik schauen.

„Eigentlich ist die Schwarzwaldklinik viel interessanter als das Abitur!" fuhr ich fort, doch Ming fand dies nicht, da er eben - wie er neulich schon selber festgestellt hat - ein so gänzlich anderer Mensch ist als ich.

Das Julchen aber fällte ein salomonisches Urteil: „Der Eine macht das Abitur, der andere schaut die Schwarzwaldklinik!"

Ming hat derzeit eine dahingehende Ausstrahlung, daß er all das, was er früher lustig fand, jetzt bedenklich und komisch findet.

Das Wetter bekam über Mittag plötzlich so eine gute Laune! Mit dem Gemüt einer Launenaufgelichteten zwinkerte die Sonne übermütig und fast tänzerisch auf die eingezuckerte Landschaft drauf, während Ming und Julchen die weihnachtlichen Lichterketten am Haus anbrachten.

Am Nachmittag kamen Rehlein und Buz, und ich eilte ihnen so freudig entgegen wie ein kleines Hündchen, das sein Glück nicht fassen kann, wenn Herrchen und Frauchen nach stundenlangem Aushäusigsein endlich wieder da sind. Aber man muß ja bedenken, daß für einen Hund jede Zeitspanne siebenmal länger dauert als für unsereins. Ist Herrchen einen Tag lang aushäusig, so scheint's dem kleinen Hund, als sei er eine ganze Woche lang weggewesen.

Rehlein erzählte stolz, daß sie sich mit Buzen auf der Fahrt fantastisch verstanden habe.

„Jetzt gibt's erstmal Kaffee und Stollen!" rief Rehlein, und packte lauter gute Dinge aus. Fröhlich saßen wir beieinander, und der dämmernde Tag sah so schön aus, daß der Anblick den Betrachter solchermaßen ergriff wie der Anhorch eines brandenburgischen Konzerts von Bach, das den Hörer ganz trunken macht, und ihm den Himmel so nahebringt. Anders ausgedrückt: Man möchte die Arme gen Himmel recken.

Ich erzählte von meiner Verehrersgattin Renate Bohnke, die sich schon vor Jahrzehnten - zeitgleich mit dem Abbröckeln des Putzes der Jugend - angewöhnt habe, sich spröd und trocken zu geben, so, als gefiele sie sich in der Rolle der Spröden, Trockenen. Rehlein wartete ihrerseits mit einem Beispiel auf und erzählte von den beiden Mitarbeitern der Firma Behning, die unsere Satelittenschüssel angebracht haben und immer so muffig gewesen seien. Doch Rehlein versuchte dem entgegenzuwirken, damit unser Haus nicht mit der Mief der Muffigkeit durchsogen wird, und bat die Herren freundlich, etwas freundlicher zu werden.

Später war Rehlein allerdings ganz entsetzt von mir, weil ich nicht bemerkt hatte, daß der Oleander Durst hatte. Jetzt war er total vertrocknet und hatte ganz viele Blätter gelassen.

Dies lag daran, daß sich weit vor dem Oleander das Badezimmer befindet, in welchem ich meine Kontaktlinsen abzuzupfen pflege, bevor ich zu Bett gehe, und den Oleander somit gar nicht gesehen hatte, zumal ich auch morgens oben ohne an ihm vorbeizulaufen pflege.

„Das hat mich sehr enttäuscht!" sagte Rehlein auf eine erloschene Art, so daß ich mich ganz schlecht fühlte. Ganz zerknirscht begab ich mich in den Keller, goss ein bißchen an dem verstorbenen Oleander herum, so als wolle man eine alte Oma, die durch Unachtsamkeit der Verwandten verhungert und verstorben ist, hilflos mit Brei vollstopfen. Bekümmert und beschämt hob ich einige der unzähligen vertrockneten Blätter auf.

Dadurch, daß wir jetzt so viele sind, wird's schwierig, die strengen Übzeiten einzuhalten, die ich mir selber aufgebrummt habe. Und tatsächlich: Kaum übte ich los, da kam der süße Buz herbei. Buz war so nett und zeigte mir seine neuesten geistigen Errungenschaften über die Brillianz im Violinspiel.

Abends bezog ich Buzens Bett, und Rehlein war mir für meinen Eifer sehr dankbar.

Rehlein wollte heut früh zu Bett gehen, und ich bekam schon Angst, bald Eltern zu haben, die bereits um acht Uhr abends eine Bettgangsstimmung ausströmen.

Dann kam aber doch noch eine Bombenstimmung auf. Ming erzählte plastisch vom desaströsen Klavierabend in Ostgroßefehn, den man gehört habe, und wir erzählten einander Witze und lachten blökend und grölend.

Dienstag, 16. Dezember

Verschneit und bleich

Nach langer Zeit schlief ich wieder fantastisch – nämlich so, wie ich es eigentlich kann. Dies verdankte ich nur Rehlein & Buz, an denen man jetzt, da sie älter werden, in einer ähnlichen Freude herumgenießen darf, wie einst an Opa und Mobbl.

Nur dadurch, daß Buz jetzt im linken Dienstbotenkabüffchen nächtigt, brauchte ich mich in dem bunkerartigen Keller nicht mehr so einsam zu fühlen. Und somit erhob ich mich zu jenem Zwecke, freudig an Buz und Rehlein herumzugenießen.

„Ik houd van je!" sagte Buz übermütig auf holländisch. Es bedeutet „Ich liebe Dich!" doch die bedeutsamen Worte spricht man als verlegener Mensch zuweilen gern in einer anderen Sprache aus, auf daß sie nicht gar zu plakativ auftönen.

Auf das Julchen wartete heut eine Prüfung, so daß es schon um fünf Uhr aufstehen mußte.

Am Morgen zeigte sich erneut, daß Ming sich so eine grämliche ungeduldige Art angewöhnt hat. Oftmals zieht er die Stirn fragend und mißbilligend in Falten, so daß ich eine günstige Gelegenheit abwarten will, in der man Ming darauf ansprechen könnte, bevor dies zu seinem zweiten Naturell wird.

Rehlein war so warm zu Ming, umarmte ihn herzlich und sagte nett: „Ich find´ dein Julchen ganz süß!"

Buz und Rehlein sind nun in einem Alter angelangt, wo man seinen Kindern hauptsächlich wünscht, daß sie im Alter nicht alleine sein mögen.

Im Banne der Verwandtschaft war es überaus mühsam, mit der Überei anzuheben. Kaum übte ich in Mobblns Zimmer los, da erschien Rehlein, um den Notenständer auf rührende Weise so hinzudrehen, daß das Licht besser drauffiele.

Rehlein hatte getrocknete Äpfel unter die Lampe gelegt, damit ich nicht mit dem Bogen ins Lampengehäuse haue.

Wenn Rehlein wüsste, wie nah Buzens Bogen im Musikzimmer immer an den Kugellampen vorbeischrammt!

Buzens zuweilen ungestüme Bogenstriche erinnern dabei gelegentlich an Wurfgeschosse aus dem Universum, die wirklich haarscharf an der Erde vorbeischrammen.

Der optimistische Buz sieht mich im Geiste bereits als Violinprofessorin in Trossingen agieren, während mir selber diese Vorstellung nichts als Unbehagen bereitet. Hauptsächlich graust es mir davor, einem „ganz guten" Studenten beim Vorunterrichten in zwanzig Minuten „irgendetwas" beibringen zu sollen, auf daß man wenigstens einen kleinen Fortschritt in seinem Spiel bemerkt.

Manchmal sieht Buz mich im Geiste auch dabei, wie ich in Graz talentierten Kindern den vollendeten Bogenstrich beibringe.

Wie ein Brummkreisl, der stolz auf seinem Eroberungspunkt herumrotiert repetiert Buz seine guten Lehren ganz oft.

Hie und da versuchte ich dem Unterricht eine frische Wendung zu verpassen, indem ich etwas erzählte und mich daran erinnerte, wie man zum Professuranwärter Albrecht Breuninger mal scherzhaft gesagt hatte: „Sie haben noch zwei Minuten Zeit. Hätten Sie Lust uns zu erklären, wie man fliegendes Stakkato macht?" Da lachten alle, da das fliegende Stakkato, das weltweit vielleicht von vier Geigern beherrscht wird, eines Trainings von Jahrzehnten bedürfe, wie gemunkelt wird. (Von einigen Wunderkindern mal abgesehen, denen das fliegende Stakkato in die Wiege gelegt wurde.)

„Aber wir sprechen hier vom mittelmäßigen Durchschnittsgeiger wie Ihnen und mir!" ← In diesen herablassenden Worten sitzt das fliegende Stakkato gemeinsam mit vielen anderen Aspekten des Violinspiels in den Köpfen fest. Ein Paradoxon: Wenn herablassende Worte festsitzen.

Noch am restlichen Vormittag schauten wir mein Video vom Konzert in Bad Lauterberg an, und es gefiel Buzen unglaublich. Ming freute sich auch, daß es so schön war.

Rehlein kochte uns derweil etwas Köstliches:

Ein Chinoa-Süppchen.

Mittags begaben Buz und ich uns auf einen Spaziergang. Wir fädelten uns an der Pferdekoppel vorbei in den verschneiten Wald ein, und es fühlte sich an wie früher zu unserer Bühlertaler Zeit, zumal Buz die gleiche schwarze Brombeermütze trug wie auf den Fotos der sechziger Jahre. Aus einer Laune heraus lief ich immer in Buzens Fußstapfen, bis ich bemerkte, daß man mit dieser Albernheit quer am Leben vorbeilebt, und lieber die Natur genießen sollte.

Nach einer kurzen Weile lief uns Gassigänger Georg Vitzthum mit seinem schlanken Hund Barnie entgegen, und küsste mich netterweise sogar ganz genußvoll, so wie jemand, der Jemanden getroffen hat, der es wirklich wert ist, geküsst zu werden.

Wir liefen weiter, und ich sprach davon, daß man die Tante Uta über Weihnachten einladen sollte, dieweil ich immer ganz viele dahingehende Ideen ausbrüte. Wenn Buz beispielsweise erzählt, wie fantastisch die Doris gespielt habe, dann rege ich immer an, sie über Weihnachten einzuladen. Etwas, das Buzen wesentlich besser gefallen würde, dieweil er die Uta und ihre angebliche Gefühlskälte kaum ertragen kann.

„Sie ist nicht gefühlskalt!" ereiferte ich mich. Dann sprachen wir über die Hilde und den Mohr, und ich argumentierte, daß die Hilde Kinder haben wollte, da dies doch ihre biologische Bestimmung sei. Doch

Buz findet es blöd, daß man im Muttersein eine Bestimmung sieht.

Später besuchten Buz und ich den Supermarkt, und kauften „mit Partitur", sprich, einem von Ming und Rehlein sorgsamst ausgetüftelten Einkaufsplan.

Unsere beiden Aufmerksamen hatten sogar Vogelfutter aufs Programm gesetzt. Fast hätten wir aus Versehen etwas für Wellensittiche gekauft.

„Das macht mich wahnsinnig!" murmelte Buz leis, und doch grade noch laut genug, auf daß man es noch vernehme, weil ihn alles Haushaltstechnische langweilt und anödet. Das Leben von Rehlein & Ming scheint sich in Buzens Sinnen ganz und gar um den Haushalt zu drehen.

Bald waren wir wieder daheim. Rehlein kochte für ihre Lieben, und ich übte in Mobblns Zimmer nebenan die A-Dur Sonate von Brahms. Rehlein hatte gemeint, es wäre Buz, der da spielt, und sich bereits vorgenommen, ihn gleich irrsinnig zu loben. Doch Buz übte währenddessen im Musikzimmer Ysayes dritte Sonate.

Die köstliche Mahlzeit wurde serviert: Zucchini, Linsen und Reis. Rehlein erzählte Buz, wie sie ihn fast gelobt hätte.

„Ich hab die Brahms Sonate neulich aber auch gut gekonnt!" prahlte Buz.

„Würdest du uns die Freude machen, und sie uns vorspielen?" bat ich nett.

„Oh bitte!" rief auch das Julchen, „wir hören ganz konzentriert zu!"

Doch Buz, der Perfektionist, der niemals zufrieden ist, pflegt sich bei dererlei beharrlich zu zieren.

„Fünf Mark, wenn Du auf Deiner Violine spielst!" wagte ich einen letzten Versuch – indes vergebens.

Drum wechselte ich das Thema und frug Ming, ob er mir das Kochbuch von Johanna Maier und die Memorien von Boris Becker gekauft habe? Ming wurde jedoch ein bißchen ärgerlich, da man doch jetzt noch nicht über die Weihnachtsüberraschungen sprechen sollte.

Das Julchen sagte nett, daß sie gerne Geigenstunden bei mir nähme, und so fühlte ich mich gleich fröher.

Rehlein und ich schauten die japanische Komödie „Ohayo" weiter: Über die beiden Knaben Minoru und Isamu, die so lange nicht redeten, bis sie einen Fernseher bekamen.

Mittwoch, 17. Dezember

Verschneit und weißwölkig

Am Morgen frug der süße Buz, wo mein Band sei. „Mein Strapsband?" gab ich mich albern, doch dies aus jenem Grunde, um meine Rührung zu verbergen, daß Buz so viel Freude an meinem Videoband hat, das mich als Interpretin in Bad Lauterbach zeigt.

Zum Frühstück schauten wir wieder jenen Film an, worin der Steve, der tollkühne kleine Mann aus Sydney, die grüne Mamba fängt.

Der Steve wird immer tollkühner, und nun erbot er sich gar, eine Puffotter einzufangen. Besonders grausam schien uns Zuschauern der Tod durch einen Puffotternbiss zu sein.

„Die Dorfbewohner sind Steve dankbar, daß er die Schlange umsiedelt!" erzählte die Erzählstimme im Televisor.

Interessiert frug ich Buz, was er wohl machen würde, wenn er heute abend in sein Zimmer geht, und dort läge eine Puffotter in seinem Bett, und warte auf ihn als willkommenen Braten? Doch Buz wüsste es nicht. Etwas, das den Menschen in Afrika alle naslang passiert. Zöge die Hilde nach Afrika, so ginge es ihr ebenso.

Meist übte ich in Mobblns Zimmer, aber einmal besuchte ich die jungen Leute, die oben im Ashram ein kleines Spätstück abhielten, denn gegen elf Uhr pflegt das Julchen einen Espresso-Durst zu bekommen. Für Vierzigjährige vielleicht, für Zwanzigjährige jedoch sicher nicht soo interessant, unterhielten wir uns über meine Kommilitonen Valerie und ihr Münchhausensyndrom. Unbewusst erzählten wir es extra für das Julchen, das die Valerie doch gar nicht kennt. Das Julchen interessierte es auch nicht weiter, und nach einer Weile spielten wir Milka-Memory. Ein Spiel das sich die beliebte Schokoladenfirma für uns Kunden ausgedacht hat.

Buz liest derzeit die „Musiklehre" von Ernest Ansermet, und ich sagte auf schwäbisch: „Dös könnt mr jedem nur wärmschtöns empfehlö, sich damit zu b´schäftigö!"

Das könnte man jedem nur wärmstens empfehlen, sich hiermit zu beschäftigen.

Rehlein wälzte währenddessen ihre vielen Kochrezepte, und da Rehlein jedes Kochrezept das ihr jemals in die Finger geraten ist, aufbewahrt hat, sind die Schubladen bei uns so quasi am überquellen. Auf der Küchentheke lag ein Hochglanzjournal mit lauter Haubenmenüs herum, und man sah, daß es in Österreich durchaus noch andere Haubenköche gibt als Johanna Maier.

Bald darauf gab´s ein köstliches Mittagessen, auch wenn Rehlein so süß „Minus sieben Hauben!" ausgerufen hatte.

Da saßen wir zu fünft, und mir mundete besonders das köstliche Kartoffelpürée.

Der kritische Ming sprach wieder davon, wie mißerabel das auf gut Glück zusammengewürfelte Symphonieorchester im Sommer das Werk von Peter Barcaba interpretiert habe, und im nächsten Jahr will doch Vladimir Ashkenazy eine Rahmaninoff Symphonie dirigieren! Buz machte optimistische Worte drum, wie er alle verpflichten will, zu üben, während ich den Zeiten, wo die ganzen inkompatiblen Musiker aufeinanderkleben mit Grausen und Unbehagen entgegensah.

Nach dem Frühstück spielte ich Bachs a-moll Sonate, und extra damit sich meine selbstersonnene kleine Verzierung am Schluß des ersten Satzes nicht abnutzen möge, spielte ich den letzten Ton als simples Oktavgebilde.

„Mit Kringel!" rief Buz im Sorgenstuhle so rührend aus, dieweil er´s jetzt halt so gewöhnt ist.

Bevor wir spazieren gingen, sagte Buz so nett, daß ich wunderschön spiele. Dann machten wir einen ganz langen Spaziergang. Wir liefen den Hauerweg entlang, stapften durch knöcheltiefen Schnee bis zur Fritzibank – einer Bank, auf der Ming & ich uns einst immer Fritzigeschichten erzählt haben. Inzwischen erzählen wir uns schon lange keine Fritzigeschichten mehr, aber die Bank hat ihren Namen behalten.

Buz erzählte vom Chor in Korea, und daß die Gloria mittlerweile Chorleitung studiere, da es ihr eine Herzensangelegenheit sei, dem HERRN zu dienen. Der HERR habe ihr ein so großes musikalisches Talent geschenkt, und auf diese Weise möchte sie sich nun bei IHM bedanken.

„Das ist wirklich ein Beruf für die Ewigkeit!" freute ich mich, „denn auch im Himmel werden Chorleiter händeringend gesucht!"

„Der Friedel würde die Gloria gern näher kennenlernen!" sagte ich zu Buzens Entsetzen, als wir durch knirschenden Schnee am Haus mit dem Hirschgeweih vorbeistapften. Freundlich begrüßten wir einen unbekannten Herrn und liefen den Spazierweg III immer weiter entlang.

Buz warf die Frage auf, wie Herr Reimer wohl reagieren wird, wenn ich dort vorunterrichte. Wir liefen einen sich schlängelnden Weg entlang, der zu einem Wegesknie führte, wenn sich der Leser etwas darunter vorstellen kann? Ein wuchtiges Knie, wie es zuweilen am Bein einer älteren Dame aufblitzt.

Bald schon wurde es dunkel, und wir hatten noch einen sehr weiten Heimweg.

Am Abend um achte herum war ich als Abendgast bei den Vitzthums geladen, doch ich saß noch ganz lange an Rehlein geschmiegt auf der Eckbank und plabberte ganz viel, da Rehlein immer so einen überhöhten Plauderschwung in mir auszulösen pflegt.

Gewaltsam muß man sich von Rehlein hinfortreißen, und der Hinwegrupf fühlt sich an, wie der Ausstieg aus einem warmen Wannenbad.

In Friesenlogik bat ich meine Lieben, im Fernsehen nur ganz Langweiliges anzuschauen, da ich ja nicht dabei sei, und somit nichts verpassen würde.

Dann lief ich in die eisglitzernde kalte Nacht hinaus.

Sehr nett wurde ich von Mutti Cornelia willkommen geheißen. Die Abendtafel war bereits mit lauter Köstlichkeiten bebeigt: Beispielsweise selbstgemachten Pasten für die warmen Blätterteiggebäckstücke. Extra mir zu Ehren hatte man eine

CD mit einem Violinkonzert von Respighi eingelegt, und zu den Klängen setzten wir uns voll Behagen und Vorfreude nieder.

Ich breitete meine frischen Weisheiten aus der „Glücksformel" aus, und psychologisierte sogar über die Gastwirtsgattin Frau Turner, die so gerne arbeitet und nicht so gerne Ferien macht, denn wenn man ein fleißiger und kreativer Mensch ist, so kann ein Tag am Strand in Italien verdammt lang werden.

Ich erzählte vom Zusammenleben mit dem zwanzigjährigen Julchen, und daß Ming nach fast jedem Satz „Schatz" sagt. Dann erzählte ich von meiner Kusine Susi, die als Kind äußerst bodenständig, fast ein wenig kühl schien. Nach ihren kühlen Belehrungen pflegte sie dann überraschend zu sagen „aber ich hab dich trotzdem lieb!" Doch auch diese Worte färbte sie eher sachlich ein…

Irgendetwas war anders als sonst, aber was? Dann kam ich selber drauf: Es schien mir heut, als würden die Vitzthums gar nicht streiten. Aber ich hatte mich etwas zu früh gefreut, wie sich dann herausstellte, denn nach einer Weile gab´s dann doch eheliche Differenzen. Im Groben ging´s darum, daß der Vitzthum seiner Frau ständig in ihre Gedankenbildungsketten hineinquatsche.

Wieder sprachen wir über die Barbara Karlich Show, die die Cornelia täglich mit großem Interesse anschaut. Das heutige Thema habe gelautet: „Ich bin alt. Na und?" und eine 91-jährige Omi tanzte in einem kurzen Röckchen nach Art eine Go-Go-Girls auf dem Tisch herum.

Da muß sich die Barbara ja jeden Tag ein Thema überlegen, überlegte ich gleich mit: Unser Thema demnächst: „Mein Mann wurde von einer Puffotter gefressen."

Wie sich der Leser wohl denken kann, schwallte ich die Vitzthums mit seltsamen Puffotterngeschichten voll.

Nach einer Weile bellte der Barnie so laut, daß es Frau Vitzthum mit ihren empfindlichen Ohren sauer aufstieß.

Buz war's, der seine 41-jährige Tochter von der Disco abholen wollte, wie man ihn im Flur scherzen hörte.

Buz imitierte eine miauende Katze, und der neue Kater Mauro, der oben auf dem Gelände der Wendeltreppe saß, schnitt ein so unbeschreiblich entsetztes Gesicht dazu.

Donnerstag, 18. Dezember

Zart verzuckert. Ein wunderschöner blauer Himmel

Eine fremde Herrenstimme füllte den Raum – das Radio lärmte laut, als ich mich die Stiegen hinauf ins wahre Leben mühte.

Oben angelangt drehte ich das Radio wieder ab, weil ich meine Hochzeitsdoku anschauen wollte. „Interessiert dich denn gar nichts Geistiges?" frug Buz auf rührende Weise in völlig wertungsfreiem Tonfall.

„Doch!" sagte ich schnell und nett, weil es ja auch zu dürftig gewesen wäre, sich für gar nichts Geistiges zu interessieren. Und so machte ich das Radio wieder an, und es ging um Weinanbau in der Wachau.

Wie ein übermütiger Bub, der bei den Großeltern zu Besuch ist, ließ Buz unser kleines Hüpfbällchen ungestüm und mit dem Ziel, es möge dreimal an der Decke aufklatschen, durchs Zimmer hüpfen.

Alsbald saßen wir beim Frühstück. Buz schwenkte die Rede drauf, daß man heut nach Wien fahren solle, dieweil es ihm so vorkäme, daß vormittags immer nur etwas Haushaltstechnisches gemacht würde, und dann wäre es mittags zu spät für Vergnügungen.

Zwischen den Eheleuten geht es auch so bällchenartig her. Manchmal benehmen sie sich nett und bezaubernd, und wenn sie sich beispielsweise küssen, so denke ich erfreut „Augenblick verweile!" Doch dann wiederum fünscht Rehlein wegen irgendeiner Banalität auf, und der Zauber ist vorerst dahin.

Ming trägt derzeit eine im Grunde gut aussehende Frisur, bloß hat er sich leider zur Gewohnheit gemacht, die Stirn andauernd fragend-konsterniert in Falten zu legen, so daß man als Betrachter am liebsten ein Bügeleisen bemühen würde.

Nach einer Weile begann ich die Chinareise vom vergangenen Jahr als Roman aufgearbeitet nieder-zutippen – in der Hoffnung, dies tauge als allgemeines Weihnachtsgeschenk, obwohl ich beim Niedertippen von Zweifeln gebeutelt wurde, ob dererlei überhaupt ankommt?

Mittags gab es einen Brei mit einem Ei in der Mitte, und wie fast allnachmittäglich, wurde das Wetter jetzt am allerschönsten, so daß man seine Blicke nicht mehr abwenden konnte (zart verschneit, strahlend blauer Himmel). Wieder joggte ich im Unterholz, so jedoch in meinen klobigen Winterstiefeln. Ich freute mich sehr an dem wunderschönen Nachmittagssonnenschein. Doch daß ich mich auf dem absteigenden Ast befinde und langsamer geworden bin, bemerke ich derzeit daran, daß nach den zwanzig Minuten viel mehr Weg übrig ist, als früher. Schon lang vor dem großen Grashubbel im knistrigen Hohlweg war die Zeit um.

Daheim sollte Buz die „Pension Spiegel" in Bad Tatzmannsdorf anrufen, doch dann kam das böse Erwachen: Die Pension Spiegel auf die man sich doch so sehr gefreut hatte, ist bis in das nächste Jahr hinein belegt. Buz meinte lose, es gäbe doch so viele, weitaus prunkvollere Hotels, doch Rehlein hatte sich doch bereits auf die Pension Spiegel eingeschossen.

Über Buz scherzten wir lose, daß er sich die ganze Zeit schon Gedanken mache, wie er Rehlein wohl schonend beibringen könnte, daß er nächste Woche dringend wieder zu einer Prüfung nach Trossingen reisen müsse? Ich scherzte, daß ich Buz zu Weihnachten schenke, daß wir die Doris dazu einladen, das Fest mit uns zu verbringen, doch Rehlein wiederum schenke ich, daß ich sie wieder auslade.

Auf Mings Wunschzettel stehen Dinge wie „Schuldenerlass" „geschmackvolle Krawatte" „eine schöne Armbanduhr". Natürlich formierten sich in meinem Gehirn diesbezügliche Ideen, und doch bin ich nicht mit nach Wiener Neustadt gefahren, und saß stattdessen im Sorgenstuhle, während die zauberhafte Dämerstund´ ganz allmählich und zumindest für den heutigen Tag unumkehrbar in die Dunkelheit hinabglitt.

Weihnachtsgemäß öffnen sich die Herzen, und so sprach ich meinem Vetter Friedel auf´s Band, und empfand ihn in der Ferne als Anker des Glücks. Der Friedel rief auch bald zurück, und ich erfuhr, daß sowohl die Rosa, als auch die Gisela heut je Geburtstag hätten. Drum rief ich auch bei der Gisela an, die soeben dabei war, ihrem 15-jährigen Sohn ein paar Pickel auszudrücken. Sonst dürfe sie dies nicht, aber am Geburtstag da darf sie, erläuterte sie lachend. Ob sie sich als Geburtstagsgeschenk wohl einen Saunagang mit dem Friedel wünsche? frug ich scherzend. „Wär nicht schlecht!" so hieß es. Aber der Friedel ist jetzt in festen Händen.

Freitag, 19. Dezember

Neblig blass (sehr starker Nebel)

Heut schlief ich sagenhaft, und träumte auch wieder so reichhaltig wie früher:

Ich begegnete Buzens väterlichem Freund Herrn Schüt und frug auf eine eher rhetorische Weise, wann wir denn wiedermal auf dem Friedhof spazieren gehen würden? Der alte Herr verstand's jedoch aus einer Zerstreuung heraus miß, und so liefen wir gleich über den Friedhof, um hernach noch ins gemütliche Friedhofslokal einzukehren, das ohnehin am Fuße jenes Hügels lag, von dem aus mein Heimmarsch seinen Ausgangspunkt zu nehmen pflegte.

Herr Schüt orderte uns je einen sog. Irisch Coffee mit üppigster Sahnehaube und Schokoraspeln obendrauf.

Hernach lud mich Herr Schüt zu sich nach Hause ein. Zwar wußte ich, daß Herr Schüt Multimillionär ist, doch daß er in solch einem üppigen Haus lebt, hätte ich nie für möglich gehalten: Man glaubt, das Gebäude durchquert zu haben, doch am scheinbaren Ende ging's gleich weiter, und an einer Stelle gab es auch noch eine Luke in der Wand. Wenn man sie - an einen Briefkasten erinnernd - öffnete, führte eine Hühnerleiter in ein mit Büchern und sogar einem Bett vollgepfropften Studierzimmer, für einen eventuellen Austauschstudenten.

Eigentlich wollte ich doch um 7:30 aufstehen, um die Chinareise weiter zu tippen, doch dann war's im Bett so gemütlich.

Als ich mich dann endlich erhob, dachte ich den Satz: „Wenn die Kraft schwindet, ist Erlösung Gnade!" Ein Passus, der auf vielen Parten zu lesen steht, und auf mich würde er schon jetzt passen. Doch ich hangelte mich ins Tageslicht hinaus, um alsbald am Tischesrund an Rehlein herumzugenießen.

Buz stob wie ein Pfeil ins Musikzimmer, da ihn die neuesten Erkenntnisse in der Violintechnik so beflügelt haben, daß er noch vor dem Frühstück seine Violine zur Hand nehmen mußte.

Meist übt Buz jenes Werk, das aufgeklappt auf dem Notenständer steht. Im heutigen Fall Ysayes 6. Sonate, der Gipfel der Violinakrobatik. Gestern hatte Buz sogar enthemmt Sibelius gespielt, und Rehlein hatte so nett darüber gesagt, das wäre für sie ein Geschenk wie für zehn Weihnachten, wenn der Papa so schön spielt wie in jungen Jahren, als es hieß, er sei der zweitbeste Geiger der Welt und dem großen, unerreichbar scheinenden Jascha Heifetz dicht auf den Fersen.

Obwohl Rehlein und ich uns auf unser Familienoberhaupt als Frühstücksgast schon vorgefreut haben, zögerten wir es noch hinaus, ihn herbeizuholen, weil er immer so schnell zuende gegessen hat. Als er dann aber kam, las er die ganze Zeit aus der Bibel vor: Aus dem Buch Josua.

„In meinem Gehirn finden sich gar keine Andoc-Stellen für Bibelgeschichten!" jammerte ich. „Hör doch mal zu!" sagte Buz und las auf eine uferlos scheinende Weise weiter.

Rehlein seufzte ein bißchen, da man sich bei unserem Papa nie so recht auskennt und nie gescheit disponieren könne. Mal heißt´s, man führe nach Wien, dann wollte er sogar nach Bad Tatzmannsdorf, und beharrte drauf, daß dies weniger als eine Stunde Fahrtzeit in Anspruch nähme, und nun war sogar von einem Besuch auf der Rosalia die Rede. Und all das, weil Buz, so Rehlein etwas weithergeholt, seine dummen Schüler immer über alles stellt. Will man mal einen Urlaub planen, so heißt´s: „Ich weiß noch nicht, ob wir da eventuell Prüfungen haben?"

Auch auf das Julchen wartete heut eine Prüfung, und das mitfühlende Rehlein hatte ihr gar eine Käsestulle geschmiert. Ming begleitete seine Angebetete nach Wien, und als ich mir die Zähne putzte, hörte ich noch, wie er sich von Rehlein liebevoll verabschiedete: „Ich leibe dich!" sagte Ming nett. Dies sagt Ming zuweilen, weil das Lindalein in Amerika in einem Brief an die Großeltern mal zwei Buchstaben vertauscht hatte. „Ich leibe Euch!" stand da zu lesen. Sie hatte allerdings so eine große Sorgfalt auf die einzelnen Buchstaben verwandt, daß sie nicht nochmals von vorne anfangen wollte, und so schrieb sie in amerikanerdeutsch: „Ich schreibe leibe, weil Du so ein schönes Leib hast!"
Nach einer Weile lief ich durch den blassen dichten Nebel nach Lanzenkirchen, um Buzen sein Fernsehjournal zu kaufen. Man schwamm regelrecht durch dicke Nebelsuppe, und nach kürzester Zeit hatte ich bereits die Orientierung verloren. Doch hie und da

leuchteten Scheinwerfer weihnachtlich auf. Wer hätte nun gedacht, daß ich auf dem Heimweg meinem ehemaligen Klassprofessor Radax etwas näher kam, indem ich sogar stehenblieb und ein bißchen mit ihm scherzte? Der zwischenmenschliche Austausch erfrischte mich direkt ein bißchen. Ich stand da, und gab mir krampfhaft Mühe, die schwache Wellenlänge, die uns vielleicht verbindet, anzufachen, damit sie wenigstens ein bißchen besser würde.

In Altherrenjovialitesse philosophierte der Radax darüber, daß es viele Leute gäbe, denen es schlechter, aber auch viele, denen es besser ginge als ihm. Doch was soll man als Frau schon groß dazu sagen? Einmal frug ich ihn, ob jene Dame, die man an dem reichhaltig geschmückten Fenster sah, wohl seine Frau sei? Ich hätte es gerne poetischer formuliert, nämlich, ob die Dame, die sich dort so anmutig auf- und abbewegt die Seinige sei? „Naaa, dessisi net!" Nein, das ist sie nicht muhte mich der Radax auf niederösterreichisch an und erzählte, daß er seine Frau heut ins Spital gebracht habe. Ich machte ein ganz betroffenes Gesicht dazu. Ob man wohl damit rechnen dürfe, sie zum Fest der Liebe wieder in seiner Mitte zu haben? Doch der Radax riss nur einen Witz darüber, daß es irgendeinen Spezi namens „Riedel" oder so ähnlich leider nicht mehr gäbe, denn sonst hätte er seine Frau zum notschlachten dort hingebracht. „Notschlouchtn" sagte er natürlich. „Na, Scherz beiseite – ihr geht's ziemlich dreckig!" (Pankreatitis). Dann machte der

Radax ironische Andeutungen über Ming und erzählte, daß dies ein ganz besonderer Freund von ihm sei. Vielleicht steht man ja beim Radax unter Verdacht, irgendwie zu sein, wie man gar nicht ist?

Im Jahre 1973 schlich sich der damals neunjährige Ming mal ganz verschämt in mein Klassenzimmer, um sich die Wasserfarben zu holen, die wir Kinder uns teilten.

Doch der Radax hatte den vermeintlich feindlichen Einmarsch bereits aus einem Augenwinkel wahrgenommen, trat furchteinflößend auf Ming zu, hob sein Kinn an, auf daß er ihm ins Gesicht blicken möge, und polterte Ming auf jene Weise einschüchternd an, wie wohl dereinst zu seiner Burschenzeit mit ihm selber verfahren wurde:

„Bei uns sagt man „Grüß Gott!" sogt mo dös bäi äich in Däitschlound neeet??"

Bei uns sagt man „Grüß Gott!" sagt man das bei Euch in Deutschland nicht?!!?"

Derart zusammengedonnert wurde Ming aschfahl, und ich sehe es noch heut vor mir.

Ich setzte meinen Weg durch den Nebel fort, und kurz vor dem Kreisel Richtung Ofenbach sah die Straße ganz verändert aus. Der Nebel hatte den Kreisel schlicht aufgefressen, und nun schaute die Straße aus wie eine lange Landstraße, die ins Nichts führt.

Am Abend buk Rehlein Gutsles, und einmal hat man unsere emsige kleine Mama laut auflamentieren hören, da Buz ihr bei seinen Untätigkeitsbusseleien eine Akkupunkturnadel tief ins Ohrenfleisch gepresst hat.

Kaum war das Lamentat verklungen, da rief das Julchen von oben an, um uns zu erzählen, daß es krank geworden sei. Rehlein als Schwiemu eilte augenblicklich mitleidsvoll hinauf.

Rehlein & Buz dachten sogar kurz und erfreut, sie sei vielleicht schwanger, und der Gedanke, über´s Jahr endlich Opa zu werden, beflügelte Buz. (Da Buz, wie hier in diesem Buche zu lesen, häufig von Gedanken beflügelt wird).

Zu später Stund holte Buz Ming von der Bahn ab, und der süße Ming war so nett. „Kikalein, ich liebe dich!" sagte er gar.

Rehlein stellte Buz die strenge Aufgabe, sein Buch in ihren Läptop hineinzuhämmern, und erst wenn es fertig sei, so bekäme er das DVD-Gerät, das er sich so sehnlichst wünscht.

Ich dachte mir einen Titel für dieses Buch aus: „Vom „guten" Geiger zum gloriosen Virtuosen."

Samstag, 20. Dezember

Neblig. Wenn auch etwas weniger als gestern

Bevor der ofenwarme Buz an Land trat, beplapperte ich meine Mama damit, daß sie wieder nach Aurich ziehen solle, da ich doch eine Zofe brauche, und ohne sie überhaupt nicht leben könne. Doch Rehlein freut sich doch erstmal so sehr darüber, endlich wieder in Ofenbach zu sein, und wie man

Rehlein kennt, bleibt Rehlein mit Sicherheit wieder bis auf weiteres hier haften.

Ich hab so viele Ideen für Buz und sein Buch und bot ihm so nett an, es für ihn niederzutippen, während es Buz selber nur um die Sache ging, und er mich auch gleich auf Art vom Onkel Eberhard zu examinieren begann. „Wie geht das mit dem geigen?"

Wir sprachen über die Familie Eisfeld, die mir so unerhört kreativ scheint, daß ich vor lauter Begeisterung mit den Fingern knödelte, wie einst zu meiner Kleinkindzeit. Der Herr schrieb einen Bestseller, seine Frau schreibt Opern, pinselt imposante Gemälde, leitet das örtliche Kammerorchester und arbeitet als kritisch engagierte Violinpädagogin!

Ich überlegte, daß Buz die Handlung in seinem Buch vielleicht mit einem packenden Krimi verknüpfen könnte: Während ein junger Mann in einem Zimmer das Geigenspiel erlernt, geschieht in der Wohnung über ihm ein Mord. Und zum erstenmal seit Menschengedenken landet ein Geigenlehrbuch auf der Bestsellerliste. Oder aber Buz veröffentlicht das Buch in Form von 39 Schüleraufsätzen: Wie meine Studenten meine guten Lehren verstanden haben...Die meisten Aufsätze sind auf ausländerdeutsch verfasst, und als Fußnote liest der Interessierte: „Wegen der oft liebenswürdigen Formulierungen, habe ich bewußt darauf verzichtet, die Aufsätze in gutes Deutsch zu übertragen."

Nach einer Weile retirierte Buz sich an den Läptop, und auch wenn er bei der Arbeit nur zögerlich vom Flecke kam, breitete sich in der Wohnstube jenes feierliche Gefühl aus, das vielleicht eine Mutti umweht, deren jugendlicher Sohn sich hingesetzt hat, um einen Bestseller zu schreiben, und wo man sich (noch) erhoffen darf, daß sich eventuell Großes daraus erwüchse.

Derzeit werde ich immer ganz trunken bei meinen schönen Bruckner Symphonien. Buz hat von dem Lärm aber nach einer Weile nicht mehr gescheit arbeiten können, und trat gutmütig aus seinem Zimmer heraus.

Ich erzählte, wie Margarethes Papi jeden Morgen, und immer viel zu früh - nach dem Aufschimmern eines ersten Sonnenstrahls - eine Bruckner-Symphonie auflegt. Dazu reißt er weit das Fenster auf. Hoffend, die ganzen Anwohner würden mit der Zeit zu Brucknerianern. Er brachte die Linzer Klangwolke nach Esslingen!

Mittags bereitete Rehlein uns Schwarzwurzeln mit Ei und Kartoffeln zu, und nach dem Essen brachen Buz und ich erneut zu einem langen Spaziergang auf.

Buz ist, wie so viele Herren ab 65 sehr beharrend bei seinem Thema, dem Violinspiel. Die meiste Zeit über war ich Buzen ein wenig zu langsam. Worte, über die ich vielleicht lache, wenn ich diese Passage in dreißig Jahren lese – denn bis dahin ist Buz 95, und braucht womöglich bereits einen gebogenen Spazierstock?

Da fiel mir der gebogene Spazierstock in Omis Wohnung ein. Dort hängt er an der Wand, und scheint nur darauf zu warten, daß wir endlich in die Jahre kommen.

Wir liefen an Poppis Waldesvilla vorbei Richtung Hufeisenweg.

Um Buz zu unterhalten, entwarf ich ein Gedankengebäude: Daß man Buz und seine gloriose Pädagogik doch als Doku für RTL II anbieten könne? „Der Meisterpädagoge – jeden Dienstag um 18.30".

An einer Stelle war der Weg schrecklich morastig, und dabei hatte Rehlein meine Schnürstiefel doch so sauber gewichst. An anderer Stelle wollte Buz die Böschung hinaufklettern, doch es war schrecklich rutschig, und ich rutschte gar der Länge nach aus. Doch als wir dann endlich oben waren, wurden wir mit einem einzigartigen Anblick belohnt: Im rosa Nebel sah alles so sagenhaft schön aus.

Die Farbe am Himmelszelt wurde jedoch immer matter und schließlich dunkelgrau.

Einmal liefen wir über ein weißes Feld, und dann wieder in den dunklen Wald hinein. Ich erinnerte daran, daß es jetzt genau dreißig Jahre her sei, als wir mit Beate, Ric und Lindalein gemeinsam hier die Weihnachtstage bei Opa und Mobbln verbracht haben. Damals sah ich meinen Onkel Ric zum letztenmal im Leben, doch dadurch, daß ich dies beim Abschied ja nicht wußte, hat´s mich nicht weiter verdrossen.

Daheim putzte Rehlein den Staubsauger, und saugte dann ein bißchen damit herum. Immer wenn Rehlein den Staubsauger kurz abstellte, um etwas mit Ming zu besprechen und ihn alsbald wieder aufheulen ließ, sagte ich nach Art vom Opa: „Jetzt hab i mi schon sooo g´freut!"

Sonntag, 21. Dezember

Blass und neblig.
Am Nachmittag kurz
ein atemberaubendes Mienenspiel am Himmel

Vor dem Einschlafen (nach Mitternacht) lese ich zur Zeit immer einen jener 27. Septembers, den Christa Wolf niedergeschrieben hat. (Ein Buch, das mir die Vitzthumsche ausgeborgt hat). Ich schmiege mich in einen fremden 27. September und dann lösche ich das Licht.

Im Radio lief „Der Gugelhupf" (ein politisches Satiremagazin). Etwas, für das das kultivierte Rehlein ein Ohr hat, und auch Buzen gefiel´s. (Bloß ich fand´s blöd) Dennoch lockerte ich meine Lachmuskulatur und versuchte die auf breitestem Wienerisch vorgetragenen beißenden Ironien wenigstens ein bißchen lustig zu finden, aber in Wirklichkeit hörte ich kaum hin.

Bei jedem Kühlschranköffnen freue ich mich über das süße Baby von Willem-Alexander und Maxima, auch wenn es Rehlein zu holländisch aussieht.

Ming und Julchen schrieben eine Karte für Frau Schmid, und sogar ich schrieb etwas hinzu: „Liebe Frau Marie-Luise!" schrieb ich in Tiroler Tradition, „Ich begrüße es sehr, daß Sie uns so oft schreiben, auch wenn Ihr letzter Brief Rätsel aufgegeben hat. Schrüben Sie nicht so oft, so wäre unser Briefkasten meist ziemlich leer..."

Es hieß, das Julchen wolle morgen wieder abreisen. „Ach bitte bleibe doch einen Tag länger - - damit wir die Vorfreude, daß du abreist noch einen Tag länger genießen können!" scherzte ich im Stile vom Opa, und überhaupt muß konstatiert werden, daß Opas Erbmasse immer mehr Besitz von mir ergreift.

Rehlein als uneheliche Schwiemu war jedoch sehr besorgt, daß das Julchen reist, ohne ganz gesund zu sein, da man davon doch einen Schlaganfall bekommen könne. Buz war auch traurig und fühlte sich vielleicht so, wie das vierjährige Yüsslein, wenn *ich* gehe?

Nach einer Weile kam im Fernsehen allerdings etwas für uns: „Bei der Probe beobachtet".

Sir Roger Norrington probte die Symphonie fantastique von Hector Berlioz. Dadurch, daß der Dirigent, der das vibratofreie Spiel propagiert so viele blumige Worte machte, bekam man von dem schönen Werk nur am Rande etwas mit.

Buz kann es nicht leiden, wenn man Dinge sagt wie beispielsweise „er hat Musik im Blut" oder aber „er spielt aus dem Bauch heraus" und so sprachen wir verbindend über diesen Themenaspekt.

Nach dem Mittagessen - es gab ein köstliches Reisgericht - erfasste uns eine große Vorfreude auf unsere Freunde Barbara und Roland, die uns zur Jause gebeten hatten.

Da noch ein wenig Zeit war, begab ich mich mit meinen geliebten Eltern im Dreierpack auf einen kleinen Spaziergang durch die Dezemberfrische. Diesmal war ich mit Abstand die Langsamste von uns dreien. Es herrschte Nebel, durch den sich güldener Sonnenglanz regelrecht hindurchverwob. Doch nur eine Ecke weiter hatte der Nebel die Sonne plötzlich so fest umschlungen, daß man sie nicht mehr sah, und es kalkweiß wurde.

Ich eilte meinen Eltern wieder hinterdrein, um nichts von Rehleins bannenden Erzählungen zu verpassen. Rehlein erzählte von ihrer Hochzeit im Frühjahr 1962. Damals war Rehlein ein bißchen enttäuscht, daß sie von allen nur Blumen geschenkt bekam, da sie sich eher etwas Handfestes, denn etwas Vergängliches gewünscht hätte.

Als wir uns nun anschickten, Barbara und Roland zu besuchen, wollte Buz plötzlich lieber daheim bleiben. Gestern hatte ich der Barbara am Telefon gesagt: "Mein Papi ist 65! (Ich sprach es auf eine aufgeplusterte Weise aus, als handele es sich hierbei um ein biblisches Alter) Den kann man nicht mehr alleine lassen!"

Solcherart, als könne man unseren Besuch kaum erwarten, lief uns der Roland zusammen mit seinem Schäferhund Lobo auf dem Kalgassenbuckel entgegen.

Wie in China, wo das Volk auf Schritt und Tritt überwacht und kontrolliert wird, tönte eine Lautsprecherstimme durch die Bäume. Im Gasthaus wurde ein jahrmarktsartiges Fest gefeiert. Wirtsstube und Vorplatz waren mit vielen glitzernden Lämpchen geschmückt, und bunt gekleidete Besucher verströmten Laune und Fröhlichkeit. Die lebensfrohe Barbara mit ihrer üppigen Mähnenfrisur trank einen Punsch, und auch Irenes verliebter Sohn Frederik waberte in der Gästeschwemme mit.

Der Frederik wohnt gar nicht mehr in Ofenbach, und obwohl er bloß zu seiner Freundin Conny nach Frohsdorf gezogen ist, wirkt es trotzdem so, als sei er ausgewandert, denn als Rehlein wissen wollte, ob er hin und wieder zu Besuch käme, da sagte er nasaliert: „Naaa, dös gibt nur Sträääit, dös hot koan Zweck!" Nein, das gibt nur Streit. Das hat keinen Zweck

Und so hat die Irene ihren Buben, den sie sich einst extra gegen die Einsamkeit im Alter angeschafft hat, aus dem Hause getrieben, weil sie es vielleicht gar nicht mehr merkt, daß sie ihn von früh bis spät nur benörgelt.

Ob es so etwas wie einen Nörgeltrieb gibt?

Hundebesitzer sind doch quasi immer dabei, verbal auf ihre vierbeinigen Lieblinge einzudreschen und vergreifen sich dabei nicht selten mal in Ton und Wortwahl. Und vielen Eltern geht es eigentlich nicht anders, überlegte ich.

Buz wurde unseren Gastgebern vorgestellt, und mir bangte schon ein wenig davor, er könne überhaupt keine Wellenlänge zu denen haben und würde sich nach einer Weile unter dem Vorwand „zu tun zu haben" retirieren und heimlich in meinen Tagebüchern lesen. Buz sagte nämlich immer bloß höflich und nach Art eines Jemanden, dem nichts zu reden einfällt „Höhö!", und außerdem dürstet es Buz, zu erfahren, wie es wohl bei der Hilde war? Und dies Wissen ließe sich am besten aus meinem Tagebuch destillieren.

Doch am Kachelofen der Gastgeber taute Buz bald auf, weil der Roland wirklich nett ist, und Buz über *sein* Thema sprechen durfte. Nämlich darüber, wie einfach das Violinspiel im Grunde sei.

Die Barbara servierte feinduftenden Roibusch-Tee aus einer edlen Kanne. Buz wurde fröhlich und übermütig, doch der Lobo furzte, und das Zimmer wurde in einen Hundefurzdunst getunkt. Kühn, aber auch um etwaigen Verdächtigungen entgegenzuwirken sagte Rehlein „Der hat aber einen sausen lassen!"

Der Lobo sah zu diesen Worten so traurig aus.

Die Barbara erzählte uns, daß sie von großem Fernweh geplagt würde, während der Roland eher sesshaft und gemütlich veranlagt ist. „Man wird sesshafter und sesshafter, und eines Tages möchte man sich gar nicht mehr aus seinem Ohrensessel erheben!" scherzte ich.

Ich lenkte die Rede auf meine liebe Freundin Anna Frühwirth. Sie sei zu ihrem Neffen nach Neunkirchen umgetopft worden, erfuhren wir, und ich wurde sehr traurig davon. Es fühlte sich an, als sei ein ganz liebes Mädchen aus der Nachbarschaft weggezogen, so daß man sich wohl kaum wiedersehen wird, und mit der Zeit in den Sinnen des Entschwebten zu einer abmattenden Erinnerung verglimmt.

Daheim schauten wir gebannt die Lindenstraße und stiegen einfach in ein fremdes Schicksal ein. Doch Hans Beimer, der „Hansemann" in der Lindenstraße ist uns schon lang kein Fremder mehr. Längst ist er Teil unseres Lebens geworden….*gerädert kehrte er aus der Nachtschicht zurück, und wollte sich gleich ins Bett legen, dieweil nämlich gar nichts auf ihn wartete, und Langeweile doch verdünnter Schmerz sei. Doch dann rief eine „Christa" an, und es war etwas ganz Furchtbares passiert.*

„Christa?" sagte die Anna (die Frau vom Hansemann) mit fragendem Unterton und grämlich verzogenem Gesicht, dieweil sie es nicht leiden kann, daß ihr Mann mit einer fremden Frau auf derart vertrautem Fuße steht. Sauertöpfisch reichte sie den Hörer weiter.

Und wie so oft im Leben wurde der Hansemann aschfahl.

Die Christa berichtete, daß gegen ihn ein Strafverfahren eröffnet wird, da er schwarz gearbeitet, und nebenher Arbeitslosengeld bezogen hatte.

Wenig später verbrühte sich der Hansemann an heißem Tee und zweimal stritten die Eheleute erbittert.

Am Abend entspannte sich die Lage ein wenig. Der Hansemann zückte seine Gitarre, um gemeinsam mit seinen Lieben ein wenig Hausmusik zu betreiben, doch dann klingelte es, und es waren zwei Kontrollatoren mit einem Durchsuchungsbefehl.... Und wie immer endete dies Drama an der spannendsten Stelle.

Ich frug Buz, ob ich wohl eine Brahms Symphonie einlegen dürfe? Doch Buz verbot es, da er an nichts anderes denken könne, wenn Musik läuft. „Aber mit Musik geht doch alles leichter!" warf ich ein.

Buz im Sorgenstuhl nickte oftmals ein – so, wie einst die Omi Mobbl. Das Alter, vormals noch vor der Türe stehend, scheint Einlass gefunden zu haben.

Montag, 22. Dezember

Unauffällig flächendeckend hellgrau bewölkt

Ich träumte:

In einem Lokal begrüßte ich den bayrischen Musik-manager Herrn Hörtnagel. Herr Hörtnagel wußte zwar, wer ich bin, wirkte aber lustlos, ausgebrannt und müde. „Wir werden nicht zusammen arbeiten können!" sagte er, „naaaaa. I hob koa Lust mehr!"

Ich versuchte, trotzdem nett zu bleiben, damit es nicht heißt, ich wäre nur nett gewesen, um mich einzuschmeicheln. Doch plötzlich war Herr Hörtnagel verschwunden, bevor ich ihm noch „Auf Wiedersehen!" hab sagen können. Mir war eingefallen, daß ich ihn doch hätte fragen können, ob ich mich vielleicht an seine Tochter Konstanze wenden dürfe? Und so schaute ich mich in dem sehr dicht besetzten Lokal suchend um. Schließlich sah ich ihn oben auf dem Balkon nach Art einer Kasperlepuppe aufschimmern - bloß leider immer von Spezerln in Beschlag genommen.

Dann erhob ich mich so schwerfällig wie im letzten Jahr noch der müde alte 92-jährige Opa. Ich dachte darüber nach, wie die Liebe zwischen Hilde und Omar versickert ist, und wie man jetzt in einer tiefen dunklen Sackgasse steckt. Dann malte ich mir aus, *wie der Omar plötzlich mit frischem, ansteckendem Schwung sagt: „So geht's doch nicht weiter! Wir müssen uns etwas ausdenken, um unser Glück neu zu beleben!"*

Zum Frühstück ließ ich Brahms´ zweite Symphonie auftönen. Wir frühstückten mit Ming & Julchen, und ein bißchen fühlte ich mich wie die kleine Irina in der Lindenstraße, wenn sie mit ihrer Mutti und deren neuen Freund Christian am Tisch sitzt, so daß die Mutti ganz anders ist als sonst. Und so geht´s mir nun mit Ming. Ich wünschte mir, es wäre genau wie früher, und auch wenn einem von allen Seiten her suggeriert wird, daß jemand, der so denkt „endlich erwachsen werden müsse", so denkt man trotzdem so.

Rehlein schenkte dem jungen Ding einfach ein Geschenk Buzens weiter: Ein Armband aus Jade. Na, wenigstens kann man froh sein, daß da nicht „Wansti", „Wanto" oder „Wurm" eingraviert wird, -

jene Kosenamen, die sich die Dame G. für Ming einst ausgedacht…

Heut wurde ein Wiener Neustadt Besuch zum Muß (Gebietskrankenkasse) (Buz allein zuhaus). Zuerst befanden wir uns familiengemäß ganz lang in einer unschlüssigen Loswalzstimmung, die jedoch zum Stillstand gekommen war.

Buz saß ganz artig im Sorgenstuhl und las konzentriert in Ernest Ansermets „Grundlagen der Musik" herum, und ich sehe es noch heute vor mir. In zwanzig oder dreißig Jahren sitzt Buz vielleicht immer noch so da, bloß liest er dann nur noch an der gleichen Stelle herum, oder aber er hält das Buch bereits verkehrt rum?

Rehlein mußte noch einen Brief an die Landesbank zuende formulieren, der äußerst früchtebrötern geraten war. (Schwere Kost. Viel Information auf engem Raume)

Ming hielt Rehlein einen temperamentvollen Vortrag darüber, daß die Mitarbeiter in der Bank, die unsere geschmolzenen Konten auflösen sollen, sehr kundenorientiert seien, so daß man ihnen nicht erklären muß, *warum* sie das Geld nach Österreich schicken sollen. Ming machte es lustig vor und sagte:

„Und unsere Omi schafft die lange Reise auch nicht mehr!"

Buz im Sessel schäumte ein wenig auf, weil Ming so beharrend bei diesem Thema blieb und unzählige Beispiele anbrachte, die allesamt die selbe Botschaft bargen: Daß man sich knapper halten möge. Rehlein als Mutter hielt jedoch zu ihrem Sohn und sagte, der

Vortrag habe ihr Freude gemacht, und sie habe auch etwas dabei gelernt.

Auf der Gebietskrankenkasse hatten wir ein bißchen Glück. Einen kurzen Moment lang war der Vorraum gänzlich menschenleer gewesen, doch kaum standen wir da, bildete sich in unserem Nacken wie aus dem Nichts heraus eine lange Schlange verdrossen Wartender. Bedient wurden wir von einem sehr niederösterreichischen, scharmfreien, so doch nicht unhöflichen Fräulein mit einer schwarz tupierten Buschfrisur. Das süßeste Rehlein versuchte den Spagat zwischen Förmlichkeit und einer etwas persönlicher gefärbten zwischen-menschlichen Art kunstvoll zu halten.

„Kalgasse ohne „R“, was immer das heißen mag!" sagte Rehlein förmlich und persönlich verbindend in einem.

An einer Stelle besuchten wir den schönen neuen glaskastenartigen mehrstöckigen Buchladen.

Bereits im Eingangsbereich war das Kochbuch von Johanna Maier ausgestellt, und auch wenn Ming es mir vielleicht schenkt, nahm ich es doch zur Hand und blätterte es mit dem größten Interesse durch, weil sich in meinem Kopf, ohne mein Zutun ein Johanna-Maier Doc gebildet hat.

Dann kaufte ich mir eine Bruckner-Biographie, bloß weil sie billig war, und ohne zu prüfen, ob sie überhaupt dichterisch ansprechend geschrieben ist. Auf unserem Weitermarsch durch die Fußgängerzone sprach Rehlein eine Kopftuchträgerin an, da sich Rehlein vorgenommen hat, ihren Lieben zu Weihnachten eine ganz besonders schmackhafte Pastete zuzubereiten, für die man türkischen Granatapfelsirup bräuche. Naredcisi (Rehlein hatte sich den Namen extra gemerkt, und konnte nur hoffen, ihn verständlich auszusprechen). Die junge Frau sprach kein deutsch, doch in den Lüften spürte man eine leise bewegte Freude darüber, angesprochen worden zu sein. Rehlein sprach das auswendig gelernte Wort aus, und deutete gestisch fragend an, ob es wohl ein Geschäft gäbe, wo sich dererlei beschaffen ließe? Sie suche einen Laden mit türkischen Spezialitäten.

Tatsächlich deutete die Dame Richtung Bahnhof, was aber vielleicht auch bedeuten sollte „Ich verstehe leider Bahnhof!"

Wir liefen weiter, und ich kaufte Ming eine wunderschöne Herrenarmbanduhr beim Juwelier. Im Laden plauderte Rehlein mit dem Verkäufer sogar ein wenig aus dem Nähkästchen.

„Die Hauptsache ist doch wohl, daß er sie nie liegen lässt [wie ein gewisser Jemand]," sagte Rehlein verbindend zum Verkäufer. Das was in eckigen Klammern zu lesen steht, wurde zwar nicht laut ausgesprochen, so jedoch gedacht, und dieser Gedanke lang derart sämig in den Lüften, daß man ihn greifen zu können glaubte. „So wie sein Vadder an allen Ecken und Enden!" hätte Rehlein durchaus auch etwas ausführlicher werden können.

Wir schlenderten über den Weihnachtsmarkt und kauften köstliche Gebäckstücke für die Jausenstunde zusammen.

Dann fuhren wir heim zu Buzen.

Fahren wir durch Frohsdorf, so wird seit gestern mein Frederik-Doc geöffnet, dieweil ich es so interessant finde, daß der Frederik dort quasi im Exil lebt. Ich stellte mir vor, wie das Miteinander wohl tönt, wenn er eine Weile lang bei der Conny gelebt hat: *Nämlich genau so, wie früher bei der Mutter.*

„Geh, wouns zu bleeed bist!" *Wenn du zu blöd bist*

Nach fünf Jahren rührt sich Irenes Mutterherz, und sie beschließt, nach Frohsdorf zu reisen, um die jungen Leute zu besuchen.

Das süßeste Rehlein freute sich so sehr über den schönen Weihnachtsbaum, den uns der Frederik einfach an die Wand gelehnt hat.

Es gab ein köstliches Mittagsessen: Krautfleckerln.

Nachmittags spielte ich Montagsgemäß Bachs g-moll Sonate, und das süße Rehlein trat ins Zimmer, und fand die Musik so wunderschön. Rehlein war regelrecht ergriffen.

Der Tag plätscherte aus. Abends gab es warmes Fladenbrot mit Rehleins köstlicher Paste.

Wir schauten eine arte-Doku über jenen berühmten chinesischen Tänzer, der sich zur Frau umoperieren ließ – ein Unding! „Ein unerträglicher Eingriff in die Schöpfung!" grauste ich mich unverhohlen.

„Ich bin die beste Tänzerin Chinas!" sagte er/sie selbstbewußt, und dies stimmt sogar, denn eine solch fantastische Tänzerin gibt es weltweit kein zweites mal. Dies liegt daran, da sie die Kraft eines Mannes hat. Ihre Mutter machte ihr eine Freude, und adoptierte ein Baby für sie.

„Das macht mir gute Laune!" sagte Buz über das süße kleine Kind, das so verschmitzt in sich hineingelächelt hat. (Wie von Wilhelm Busch gezeichnet.)

Dienstag, 23. Dezember

Leuchtend und wunderschön. Schnee

Ich glaubte, mich im wahren Leben zu befinden.
Total verzweifelt saß ich in der Abitursvorbereitungsklasse vom Radax. Ich hatte mich überreden lassen, das Abitur nachzuholen und bereute es zutiefst. Händeringend versuchte ich Rehlein umzustimmen, und bat um Verständnis dafür, daß ich das einmal Begonnene wieder fallen lassen wolle. Doch Rehlein hätte in diesem Falle eine saftige Ablösesumme zahlen müssen, und mir grauste es davor, daß dies jetzt dreieinhalb Jahre dauern würde, und ich soooooo viele Formeln lernen müsste, die mich überhaupt nicht interessierten.

Dann aber erwachte ich, und es war zum Glück ja doch nur ein Traum gewesen.

Oben saßen bereits alle beim Frühstück. Als ich mal mit Buz alleine war, frug mich Buz, warum ich wohl ständig so albern herumhopse, und parodierte es sogar auf leicht demütigende Weise. Jede normal tickende Tochter wäre hierbei stocksauer aufgefünscht, ich jedoch mußte sooo lachen, weil es so lustig aussah, wie Buz eine albern herumhopsende über vierzigjährige Frau parodiert. Einmal ins Bekritteln geraten, bekrittelte mich Buz auch noch darüber, daß ich in Rehleins Windschatten immer so unerträglich kindlich wäre. Dies erinnerte direkt an Worte, die Herr Reimer mal über seine Frau gemacht hatte: Er bekäme Zustände, wenn die Schwiemu zu Besuch kommt. Nichts gegen die Schwiemu, aber wie seine Frau sich mit einemmale gibt?! Sie verwandelt sich in ein kleines Kind zurück, und scheint sich an Muttis Rockzipfel hängen zu wollen - unerträglich!

„Du hast recht, Wölflein!" sagte ich liebevoll und einsichtig, „in dieser Hinsicht scheine ich wirklich ein Kleinkind geblieben!"

Als Rehlein dann bei uns saß, sagte Buz an mich gewandt und doch für die Ohren Rehleins gedacht: „Und du warst immer noch nicht beim Frisör!" Dies sagte Buz, da er seinen Erziehungsauftrag ernst nimmt.

Rehlein war heut sehr gut gestimmt und voller Vorfreude, da Buz mit uns nach Wien fahren wollte, wo wir uns die Noten von der schönen Grieg-Sonate kaufen wollten, die mir nicht mehr aus den Ohren gehen will.

Vom Vormittag bis in die Mittagsstunden hinein waren Buz, Rehlein und Ming bei der Irene „um die Forellen." ← (derart abgehackt spricht man zuweilen bei uns in Niederösterreich. Man sagt beispielsweise: „Ich geh um die Müi!" Milch

Um halb vier wollte ich „um die Frisur", und hatte mir zu diesem Zwecke einen Termin im Frisiersalon Erni ausgemacht.

„Begleitest du mich?" frug ich Ming, da man ja praktisch nichts von ihm hat.

„Nein!" sagte Ming, aber dann begleitete er mich auf nette Weise doch.

Draußen herrschte eine geradezu schneidende Kälte, und ich hatte gehofft oder zumindest erwartet, daß vielleicht die Rede auf das Julchen geschwenkt wird, so daß wir über dieses Thema diskutieren könnten. Doch eigentlich unterhielten wir uns über nichts Besonderes, und die Gespräche blieben an der Oberfläche. („Da drüben steht das Haus von der Isabella.") Wir liefen an der Mädchenschule vorbei.

„In diese Schule geht die kleine Greta!" sagte ich zärtlich. Sancta Christiana heißt die Schule, und die beiden Ts sind in Form von Kreuzen gestaltet, um den hohen Frömmigkeitspegel dieser Erziehungs-anstalt auch optisch in die Welt hinaus zu repräsen-tieren.

Gegenüber von einem imposanten Glaswürfelhaus band mir Ming meinen Schal etwas kunstvoller um.

Beim Weiterlaufen fand sich dann ein Thema, das uns Geschwister doch wieder verband: Ming berichtete, daß das Lindalein nie wieder geschrieben habe, und dabei hatte er ihr doch so schöne Fotos zugemailt.

„Sie hätte doch wenigstens zurückschreiben können „Vielen Dank für die schönen Fotos!"" sagte Ming.

Nun waren wir an der Frisierstube angelangt, und die Worte, die man vielleicht hätte anbringen sollen „Ich spüre dich irgendwie gar nicht mehr. Vielleicht liebe ich einen Ming, den es gar nicht mehr gibt?" blieben unangebracht.

(Eine Zweideutigkeit vermerkt hier der Lektor nicht ohne Grund.)

Beim Ernie herrschte heut nicht so viel Betrieb. Ich war die Einzige, die sich herbeibemüht hatte.

Sehr engagiert wurde ich von der blonden Elisabeth (zirka 39 Joahr oid) bedient. Heute war ich mal kühn, und ließ mir eine fesche Kurzhaarfrisur scheren. Darüber wurde es dunkel, und ich rief Buz an, mit dem ich in Wiener Neustadt Weihnachtseinkäufe zu machen gedachte.

Nett ließ ich der Elisabeth zwei Euro in ihr Sparnilpferd gleiten. Ein selten zu lesendes Wort, aber ein Sparnilpferd ist ja auch eher selten anzutreffen.

Bald schon tönte das feine Ladenglöckchen, und der süße Buz kam, um mich abzuholen. Buz war begeistert! Durch die Begeisterung über die schönste Frisur, die ich je getragen habe, so Buz, war Buz ganz bezaubernd zu mir. So wie eben nur einer auf der Welt sein kann – Buz selber!

Wir fuhren nach Wiener Neustadt, parkten in einer Seitengasse, und es fiel zarter Staubzuckerschnee. Ich wollte schauen, ob man sich wohl einen Parkschein ziehen müsse, doch an den anderen Autos, wo man dies hätte sehen können, waren die Heckscheiben gänzlich verschneit.

Der Marsch durch die Stadt war durch den leicht zum Frösteln neigenden und somit jammernden Buz eine Tortur, auch wenn ich stimmungserhellend davon sprach, daß er doch nachher ein heißes Bad nehmen könne. Etwas, das Buz dann allerdings immer sofort vergaß, wenn wir einen warmen Laden betraten.

Wir hielten uns unnatürlich lange im Buchladen auf. Buz neigt sehr dazu, sich irgendwo festzulesen, und sich durch die Lektüre, grad so wie im Duschhäusl, Zeit und Raum entheben zu lassen, so daß er mit seinem Farbband auf dem Kopf und dem leicht geneigten Haupt wie eine Statue zum ewigen Stillstand gekommen schien.

Buz suchte ganz lang an einem wirklich lesenswerten Roman für Rehleins Nachttischlein herum. Wir kauften den „Scherz" von Milan Kundera – einem Herrn, der auf den Tag zehn Jahre älter ist als Rehlein selber. Ferner kauften wir ein Buch von John Irving für Ming.

Auf der Heimfahrt mußte ich - wie schon so oft - an den Opa Gerhard denken, der drei Jahre jünger ist als Frau Vitzthums Omi, die ja unbegreiflicherweise immer noch lebt, obwohl sie die Hundert bereits weit hinter sich gelassen hat.

„Er könnte doch noch bei uns sein!" rief ich schmerzerfüllt aus. In meiner Fantasie *saß er mit seiner mittlerweile schlohweißen und akkurat gescheitelten Frisur einfach bei uns im Auto, und benahm sich ganz normal. Ständig darf er sich schmeichelhafte Sätze anhören wie:*

„Gerhard, es ist ganz erstaunlich, aber die Jahre sind spurlos an dir vorbeigezogen!"

Wir fuhren ins Einkaufsparadies Merkur.

„Kommst du mit, oder willst du im Auto warten, Opa?" frug ich.

„Ich komme mit!" sagte Buz frisch, aber ich hatte doch den Opa Gerhard gemeint, den ich mir auf den Beifahrersitz draufgedacht hatte.

„Du bist doch noch kein Opa!" sagte ich.

„Leider!" sagte Buz, der sich sehnsüchtig ein Enkelchen wünscht.

In der sympathischen Merkur-Cafeteria gönnten wir uns noch einen warmen Topfenstrudel. Buz erzählte, daß ihm das Julchen äußerst angenehm sei - so sehr er dem Lindalein auch hinterhertrauere. „Ja, sie ist sehr angenehm!" sagte ich froh, und froh bin ich auch, daß Ming keine russische Freundin hat, die iijmmer Artiiikel wegljässt, oder gar eine Chinesin, die nur halbe Wörter gelernt hat: „wie ge dei Mu?" Versteht dies jemand?

Endlich fuhren wir heim, und es war so unendlich viel Zeit vergangen, daß Ming und Rehlein sich bereits unserem Gespür entzogen hatten.

Ming und Rehlein waren hell begeistert von meiner schönen neuen Frisur, und der süßeste Ming schoss ganz viele Fotos.

Zum erstenmal seit Ewigkeiten feiern wir morgen als vierköpfige Familie - so, wie es sich gehört.

Mittwoch, 24. Dezember

Wunderschön und leuchtend

Heute würde der Onkel Christian, ein Altersgenosse von Frau Vitzthums Omi, seinen 101. Geburstag feiern, wenn er nicht schon seit dreizehn Jahren auf dem Gottesacker ruhte.

In der Nacht schlief ich leider sehr schlecht. Irgendwie hatten die Einschlafgeschichten von Christa Wolf, die ich nicht sehr interessant finde, weil sie mir gar zu politlastig sind, zwei Gedankenspulen in meinem Hirn in Gang gesetzt, die sich wilde Wortschlachten lieferten.

Dann ging´s mir im übertragenen Sinne jedoch wie dem gelben Sack: Ich wurde doch noch abgeholt.

Dann erhob ich mich in Frische, da ich meinen Lieben ja jetzt in einer Frisur entgegentreten würde, in der sie mich viel mehr lieben als früher.

Heute versuchte ich einen zackigen Endspurt einzulegen, da es doch galt „die Chinareise" zuende zu tippen. Wie selbstverständlich glaubte ich somit, am heutigen Tag nichts anderes tun zu müssen, als an der Schreibmaschine als Sekretärin zu agieren. Ähnlich erging es dem süßesten Rehlein mit der Gutslesbäckerei. Rehlein legte ein paar Schichten zu.

Ming & Buz reisten nach Wiener Neustadt, und ich legte Rehlein und mir die schöne Brahms-Symphonie ein.

Schon gestern hatte ich mir etwas ausgedacht:

Daß der berühmte Geiger Ingolf Turban mit neunzig Jahren eine sehr interessante CD herausbringt: Alle zehn Jahre - angefangen als zwanzigjähriger Jungspund - hat er die Grieg-Sonate Nummer eins aufgenommen, und nun solle man heraushören, ob er in den Jahren wohl gereift ist? Doch bis jetzt gibt's nur die staksig-zähe Erstaufnahme, und eine etwas wichtigtuerisch klingende pseudoreife Zweitaufnahme.

Ich bestaunte Rehlein unglaublich: Daß Rehlein wie selbstverständlich für uns Kinder auch noch ein Mittagsessen dazwischenschob: Spaghetti mit Tiefkühlgemüse. Doch bei Rehlein schmeckt sogar das Tiefkühlgemüse wundersamerweise wie eine Haubenmahlzeit. „Wie toll die Mama auch noch die Möhren geschnitzt hat!" scherzte ich liebevoll, dieweil die Tiefkühlkostfirma gerippte Möhren beigefügt hatte.

Post war gekommen!

Die Hilde hatte zu Weihnachten geschrieben und ein ganz entzückendes Foto von sich und den Kindern auf ein grünes Stückchen Pappe geklebt. Beide Kinder trugen eine Weihnachtszipfelmütze, und Buz fand das kleine Mädchen sehr süß.

Das Wetter war so sagenhaft schön, und den unternehmungsfreudigen Ming drängte es, etwas zu unternehmen, so lang die Sonne noch schien.

Leider dauerte es ganz lang, bis wir endlich abmarschbereit waren, und dann sandte Ming mich auch noch aus, Haube und Handschuh zusammenzuklauben.

„So nehme ich Dich nicht mit!" gab sich Ming streng.

Ich dachte, es ginge auf die Rosalia, stattdessen aber fuhren wir über Erlach bis zum Türkensturz, und unterwegs strudelten mir alte Erinnerungen in den Kopf zurück. Wehmütig dachte ich an die Omi Mobbl, die immer so gern beim Adeg einkaufte, einer kleinen aber feinen Supermarktskette, wo man auf einen persönlichen und herzlichen Kontakt mit den Kunden den allergrößten Wert legt. Drum ist es dort auch ein wenig teurer. Doch die Mobbl liebte es, dem Opa hinter seinem Rücken eine lange Nase zu drehen, und sein „sauer Verdientes" auszugeben.

„Ich will die netten Leute sehen!" pflegte sie Einwänden zu begegnen.

Am Türkensturzhinpromenierungsausgangspunkt (Wort in Überlänge) angelangt kritisierte Ming mit vibrierendem Haupt und stirnrunzlerisch, aber doch auch weihnachtlich gutmütig die Art, wie ich wohl meine Haube überstülpt hatte.

Dann bekraxelten wir ein Wäldchen mit Wurzelwerk hinan, um auf jenen wunderschönen rotsandigen Weg zu gelangen, auf dem man zum Türkensturz hinwandelt. Wir liefen ganz lang, und es war so schön. Hie und da griff ich nach Buzens warmer Geigerhand.

Buz möchte, daß ich im nächsten Jahr einen reichen Mann heirate, mit dem ich dann schon bald eine Reise nach Griechenland antreten könne. Doch der Gedanke reizte mich nicht, da mich Herren nur verlegen stimmen, und ich zudem kein Griechisch kann. Es war so ruhig und friedlich. Ming fotografierte herum, die Sonne ging so allmählich unter, doch eine sepiagetönte frische Färbung blieb.

Dann kehrten wir um, und ich erzählte Buzen, daß ich gerne eine Andere wäre. Sportlich, agil – kurzum: eine Frau die weißwassewill.

„Das wäre jetzt sooo toll!" rief ich schwärmerisch aus.

Buz frug Ming, wie er es wohl anstellen würde, jemandem das Violinspiel beizubringen.

„Ich weiß es. Darf ich erzählen?" rief ich wie eine muntere Siebenjährige aus, und Buz wirkte wie ein alleinerziehender Vater mit seinen beiden lustigen kleinen Kindern.

Heim fuhren wir durch österreichische Dörfer, und ich bestaunte Mings kühne Fahrkünste: Eng, schlittrig, und viel Gegenverkehr, da es viele von uns bereits in die Kirche zog. Die österreichischen Dörfer kamen mit in ihrer so liebevoll geschmückten Weise, und hinzu sanft verschneit, ganz zauberisch vor.

Daheim stürzen wir uns in Arbeit. Ich mußte die Chinareise zuende tippen, durchlesen, und im Hinblick darauf, daß man auch die Vitzthums damit bescheren und erfreuen könnte, an einigen Stellen kürzen. Beim Niedertippen war mir der Text gänzlich harmlos erschienen, doch beim Durchlesen wimmelte es bereits auf der ersten Seite vor Despektierlichkeiten.

Buz schmückte den Weihnachtsbaum und räumte das Zimmer auf, und Rehlein nannte ihn liebevoll „meinen Ältesten".

Wir riefen Frau Münch zum Christfest an, doch Frau Münch klang sehr marode.

Ich war fertig geworden:

Oben druckte ich „meine Doktorarbeit" aus, um sie zu lochen und mit einem goldenen Bändel zusammenzuschnüren.

Buz und Rehlein schauten sich einen Spielfilm mit Humphrey Bogad an, und konnten sich kaum vom Bildschirmgeschehen lösen, um endlich loszufeiern.

Extra um dem Onkel Hartmut zu huldigen, warf ich mich in Gala, sprich, mein grünes Konzertkleid, und Rehlein raunte mir zu, daß man die schönen Ohrringe mit der Kurzhaarfrisur nun endlich sehen könne.

Ming spielte an Mobblns Bechsteinflügel eine schöne französische Suite von Bach, ferner Werke von Scarlatti und Philipp Emanuel Bach, und man frägt sich, wann er das gelernt hat?

Nachdem die feierliche Musik verklungen war, widmeten wir uns den Gaben unter dem Tannenbaum. Buz schenkte mir einen reichbebilderten Bildband über Reptilien und hatte so lustig auf das Päckchen geschrieben „Vorsicht beim öffnen!"

Ich selber hatte die silbernen Plaketten an meinen Geschenken ganz förmlich abgefasst. „Für Vati in Verbundenheit zum Weihnachtsfest 03", benützte ich Worte einer höheren bebrillten Tochter, die für mich eher untypisch sind.

Buz und Rehlein bekamen je eine Videokassette. „Ich in Bad Lauterberg" und „Rembrand" mit Klaus Maria Brandauer in der Titelrolle. Einem großen Schauspieler, der jedoch vom Opa leider nicht leiden gekonnt wurde.

In Buzens Reptilienbuch befand sich außerdem noch ein grüner Hundert €uro Schein, obwohl das Buch doch versiegelt war.

Von Ming bekam ich Huflattich-Schampoo, die Memorien von Boris Becker, und das Kochbuch von Johanna Maier. Das süße Rehlein schenkte (schunk, wie Rehlein selber wohl schelmisch schrübe) uns einen dicken Bildband über Aurich, und sagte darüber: „Kann sein, daß ihr zunächst ein langes Gesicht zieht…" Doch der Reiz bestand darin, daß Ming & ich als Künstler bei „der Rothenberger" darin abgebildet sind.

Buz fand den allergrößten Gefallen an einem Buch, das Ming ihm geschenkt hat, und las beständig amüsiert daraus vor.

Donnerstag, 25. Dezember

Wunderschön.
Kanadisch leuchtend und leicht verschneit

Man durfte fröhlich sein, da das gestrige Weihnachtsfest uns als Familie durch die Schenkerei noch enger zusammengeschweißt hat.

Es lief das Radio, und weihnachtsgemäß hörte man das Volk nach einer Weile herumfrömmeln.

„Dein Wille geschehe..." murmelte man schicksalsergeben im Kollektiv.

„Soll ich mich anziehen, und das Wort Gottes ausstellen?" frug unsere süße Mama, die um diese frühe Uhrzeit noch in einen Morgenmantel gehüllt war.

Dann frühstückten wir los.

Ming, in welchem sich so allmählich die Erbmasse von unserem Onkel Eberhard ausbreitet, befrug oder besser gesagt examinierte unsere Eltern über ihre Prüfungserfahrungen.

Die Nebenfächer in der Musikhochschule (Gehörbildung, Tonsatz u.a.) wirkten auf die jungen Leute wie eine Strafe, die man auf sich nehmen mußte, um studieren zu dürfen. Es sei *langweilig* gewesen! schauderte man sich in der Erinnerung.

Buz hatte ein schuhsohlenförmiges Stück Brot mit Powidl bestrichen und schenkte es mir. Ich war gerührt! Dann las Buz aus Loriots Opernführer vor, den Rehlein ihm geschenkt hatte, und ich war froh, daß die Opernbeschreibungen stets ganz kurz waren.

Buz las allerdings *ganz viele* kurze Opernberichte, und hörte gar nicht mehr auf! Dann las Buz eine von Loriot ersonnene Podiumsdiskussion über Pierre Boulez´ alberne Anregung „alle Opernhäuser dieser Welt in die Luft zu sprengen". Buz in seinem einfachen Humore fand´s köstlich, aber ich fand´s doof. (Jetzt, wo ich dies niederschreibe bin ich allerdings netter gestimmt, und finde es im Nachhinein ein kleines bißchen lustig).

Mittags wurden Irenes Forellen serviert.

Kurz zuvor hatte Rehlein noch ganz entsetzt aufgeschrien, sie habe die Forellen zerkocht, aber nun mundeten sie einfach köstlich.

Nach dem Essen fuhren wir genau wie gestern, und durch eine fast noch schönere Wetterlage (glitzernd) erneut zum Türkensturz und nahmen diesmal das süßeste Rehlein mit, so daß sich Buz nicht mehr wie ein alleinerziehender Vater fühlen mußte.

Diesmal waren ein paar Leute unterwegs, und an einem Picknicktisch saß eine Frau und qualmte, so daß ich ein bißchen drauf geschaut habe, ob Rehlein bzw. Opas Erbmasse in ihr der Frau vielleicht den Marsch bläst?

(„Wissen Sie denn nicht, wie ungesund das ist, liebe Frau?!") Doch Rehlein traute sich nicht.

Auf dem Heimweg erzählte Rehlein von früher: Wie unglaublich bezaubernd sie ihr kleines Brüderlein Andi fand. Als Rehlein ihn kennenlernte, war ihr zumute, als würde ein Zipfel vom Himmel gelüftet – grad so wie mir in meiner schönen Bruckner Symphonie (dritte Symphonie, dritter Satz).

Und dann erzählte Rehlein, wie sie leider mal ein spannungsgeladenes und unschönes Weihnachtsfest verbracht haben. Rehlein war damals süße 17 und hatte sooooo viele Wünsche. Doch ihr wurde nur eine Schürze geschenkt, während ihr Bruder Hagi wiederum ein ganz tolles, reichbebildertes Buch bekam. Und als der Hagi dann auch noch ein Gutsle von Rehleins Teller stibitzte, hat Rehlein ihm im Banne ihrer großen Enttäuschung über das so langweilige Geschenk eine Ohrfeige herabgehauen.

Im Abenddämmer ergötzten wir uns an einem Baumstumpf, der wie ein Mensch ausschaute. Dann beschlossen wir, die hüftkranke Christa L. im Spital von Neunkirchen zu besuchen.

„Neunkirchen! Frau Frühwirth!" rief ich zärtlich, doch wir wissen weder, wo der wohltätige Neffe wohnt, noch wie er heißt.

Frau Frühwirth ist bereits 89 Jahre alt, und man glaubt kaum, daß man die freundliche alte Dame noch einmal wiedersehen wird, dachte ich im Auto niedergeschlagen.

Zuerst fanden wir die Ausfahrt nicht, und dann fanden wir das Spital nicht. Buz erwies sich allerdings als Held und frug einen Herrn, obwohl sowohl Buz als auch Rehlein zum Ansprechen eines fremden Menschen stets ihren ganzen Mut zusammenbündeln müssen.

Ein hilfsfreudiger Herr wies uns den Weg. „Sie folgen jetzt der Mondsichel…"

„Das heißt nicht „Krankenhaus" sondern „Schbiddoi!"" erklärte ich Buzen. Über dem Krankenhaus sah die Mondsichel so türkisch aus, und das dumpfe, kastenartige Spital wirkte so endstationshaft, als wäre noch nie jemand lebend wieder herausgekommen.

Der Pförtner wies uns Zimmer elf, doch Buz war in die Toilette entschwunden, und hernach hätte er uns doch nie und nimmer gefunden. Buz kennt die Lehner Christa doch überhaupt nicht, und weiß somit gar nicht, wie sie mit Zunamen heißt.

Also warteten wir auf unser Familienoberhaupt.

Nun befand man sich in einer Szene des Lebens. Gleich würde Buz eine fremde Frau kennenlernen, von der ihm bislang nur der Name ein Begriff war, und die mit Ming und Rehlein aus irgendeinem Grunde schon vertraut war.

Ich frug mich, ob sich Buz womöglich ein inneres Bild der Fremden gemacht hat, das in *dem* Moment, wo er sie erstmals zu Gesicht bekommt, zu Staub zerfällt?

Die Lehner Christa war ganz allein in ein Dreibettzimmer eingeknastelt und saß an einem Fenster, das die Schwärze der Nacht umrahmte. Sie freute sich sehr über den Besuch, da ihr bereits fad geworden war. Bis zum 29.12. muß sie hier noch ausharren, und zeigte uns die mit grobem Zwirn genähte Narbe an ihrem Hüftblatt.

Anteilnehmend erkundigte sich Rehlein, wie es ihrer Tochter ginge.

„Beruflich oder privat?" wollte die Christa die Frage etwas konkretisiert haben, um Zeit zu gewinnen, sich eine passende Antwort zu überlegen. Rehleins anteilnehmender Frage mit einem „gut" zu begegnen, wäre schlicht und ergreifend zu platt. Und so sprachen wir über die vier Eckpfeiler des Glücks: „Finanzen, Gesundheit, Liebe und Kreativität". Bei den meisten von uns sind nur zwei bis drei dieser Pfeiler stabil – und zumindest einer ist immer ein wenig morsch.

Jetzt ist der Leser nun doch gespannt, wie es Christas Tochter ging – und dabei kennt er sie doch gar nicht. Ihr Wohlergang sei in jeder Hinsicht äußerst durchsetzt. Ich erzählte von der „Louise" im Film „Hemmungslose Liebe", die zu David Sutton, einem schmierigen, gemeinen Typen, dem die Cigarette aus dem Mundwinkel herabhing, folgende Worte sagte: „Seitdem ich dich kenne, lebe ich! Davor habe ich nur irgendwie existiert."

Die Christa jedoch kann über dererlei nur hohnlachen. Sie selber habe erst zu leben begonnen, nachdem sie das unergiebige Thema „Männer" ein für alle mal abgehakt hat, bediente sie sich - zumindest für Ming und Buz - höchst despektierlicher Worte.

Einmal wurde die Christa direkt ein wenig heftig, als Ming lapidar sagte, daß er im Falle eines Falles einen Millionengewinn fest anlegen würde, um von den Zinsen zu leben. „Davon wird doch die Waffenindustrie finanziert!" schäumte die Hüftkranke - befremdet von so viel Unreife.

Die Aura in dem schlichten Krankenzimmer war eigentlich nicht schlecht. Doch die Aussicht sei öde: Direkt auf einen Parkplatz drauf.

Fröstelnd liefen wir über den Parkplatz zu unserem Auto zurück.

„Ach, hat man Heinemeyer´s g´schriebö?" sprach der Opa aus mir. Einen riesengroßen Platz in Opas Leben nahmen Korrespondenzen ein. Jeden Tag schrieb er seitenlange Briefe, doch nur Rehlein und ich haben diese schöne Neigung geerbt. Ming und Buz, die ebenfalls wunderschöne Briefe schreiben können, müssen sich immer erst dazu aufraffen, während es Rehlein und mir ein inneres Bedürfnis zu sein scheint.

Daheim setzten wir uns zu einer Jause zusammen. Doch nach einer Weile fiel es Rehlein auf die Nerven, daß Buz pausenlos aus einem ironischen amerikanischen Buch über Politik vorlas. Mitten in die Lesung und Rehleins aufkeimende Gereiztheit hinein, kam ein Anruf aus Übersee. Das Beätchen war´s, das schöne Weihnachtswünsche anbringen wollte.

Nach einer Weile sprach ich auch mit dem Lindalein, das beim Beätchen zu Besuch war. Ich erfuhr, daß die Linda einen Stiefsohn habe, der nächste Woche 18 Jahre alt wird. Er heißt Michael, und der Jim hat das Sorgerecht für ihn erkämpft, da die Mutter des Knaben ein bißchen verrückt sei. Und jetzt lernt Stiefmutti Linda eifrig Mathematik mit ihrem neuen Zögling, der noch die Schulbank drückt.

Freitag, 26. Dezember

Ruhig.
Ermattetes Blau auf einem mit weißen Wölkchen betupften Himmel. Leicht verschneit

Im Morgengrauen lag ich im Bett und malte mir aus, *wie man im Jahre 2004 ein großes Kulturprojekt startet: In 6000 Grundschulen wird der Schwerpunkt auf Klassische Musik gelegt, und den ABC-Schützen täglich drei Stunden lang die Klassik nahegebracht. Sie werden mit Klassik gemästet, und kennen binnen kürzester Zeit alle Werke und Komponistenschicksale auswendig, so wie ich einst. Jedes Meisterwerk wird siebenmal vorgeführt, und beim dritten Mal gefällt es den Kindern plötzlich. In den Köpfen wird ein Klassikprogramm installiert.*

Ein Jahr später prüfen Experten nach, was aus den kulturgemästeten Kindern geworden ist. Größtenteils sind sie große Klassik-Enthusiasten geworden und viele haben sich gar zu regelrechten Experten entwickelt. Marius, 7 sagt: „Ent-

setzlich, wie Karajan die Tempi im Requiem verwässert!"
Doch diesen hochgebildet klingenden Satz hat er sich aus dem
„Film ottO" stibitzt.

Dann erhob ich mich.

Buz saß im Sorgenstuhl, und las mit empor-
gezogenen Schulterblättern, an einen fröstelnden
alten Vogel erinnernd, in seinem neuen Buch. So
bald jemand seinen Aurenbannkreis säumte, las Buz
laut aus dem Werk von Michael Moore vor, das er so
köstlich fand. Doch mir gefällt es nicht, so daß ich
beim Zuhören leider nicht mehr als ein gekünsteltes
„Höhö" hervorbringe, zumal ich ja auch gerührt bin,
daß „unser Ältester" so viel Freude an diesem Buch
hat.

Der plapprige, gelächterheischende Stil erinnerte
mich an einen Jungen, der mal in Ofenbach zu Besuch
war, und mir ständig auf´s Aufdringlichste irgendwelche
Fiktionalfilme nacherzählte (Prrr, peng, bumm!),
während ich doch viel lieber den Gesprächen der
Erwachsenen gelauscht hätte.

Buz, der immer Reize von außen braucht, schaltete
den Fernseher ein, wo das Magnifikat von J.S.Bach
geboten wurde. Es dirigierte ein quadratgesichtiger
Herr, doch da das Werk bereits in den Endzügen lag,
hörte niemand so recht hin.

Hernach sollte sich eine Musiksendung aus
Schwetzingen anschmiegen. Etwas, das Einzuschal-
ten stets mit einem gewissen Risiko verbunden ist,
denn plötzlich hat man ein anstrengendes Werk am
Bein, und dem Kultivierten verböte es sich von
selber, sich dem Bildschirmgeschehen zu entziehen.

Ein Cellist mit einem girlihaften Zöpfchen am Hinterkopf, der einem bekannt schien, setzte sich zu seiner Darbietung nieder. Matt Heimowitz war´s, ein junger Mann, der nun den Bogen ansetzte, und sehr gut Bachs dritte Suite interpretierte. Auch wenn Buz nach der ersten, äußerst poltrig vorgetragenen, und sich aufdringlich in den Mittelpunkt des Geschehens vordrängelnden simplen Treppabphrase ausrief, dies tauge doch wohl kaum. Doch der Cellist hatte sich auf künstlerische Weise so viel dabei gedacht: Ein Betrunkener poltert die Treppe hinab... Nach einer Weile gefiel Buz die Bogentechnik des Interpretierenden so sehr, daß er lauter verzückte Bemerkungen drum rankte.

Mittags freuten wir uns sehr auf´s Mittagsessen, dieweil es Spinat geben sollte. Das süße Rehlein hatte es wörtlich genommen, daß ich gesagt habe, Buz äße so gerne Spinat. Ständig könnte er ihn hinablöffeln. Ming durfte die Spiegeleier braten, weil Rehlein *mir* dies offenbar nicht zutraute. Bald darauf saßen wir beieinander und aßen dieses einfache und doch so köstliche Gericht.

Hernach machten wir im Garten einen Weithopswettbewerb, wofür sich der Packschnee so wunderbar nutzen ließ. Buz zeigte für diese Disziplin leider kein übermäßiges Talent, und auch ich sprang, ob mit oder ohne Anlauf, immer ungefähr gleich weit - nämlich kaum. Ming und Rehlein jedoch brillierten, und flogen regelrecht durch die Lüfte.

Zum Abendessen schauten wir mit der größten Begeisterung „die Strauß-Dynastie", über das Leben von Johann Strauß Vater & Sohn. Ein Ableger der Lindenstraße im historischen Gewande.

Samstag, 27. Dezember

Weißwölkig. Leicht verschneit

Am Morgen kamen zwei Jünglinge von der Freiwilligen Feuerwehr. Buz griff in die Tasche, und schenkte ihnen auf lose kumpelige Weise zwanzig €uro, und Rehlein rief kritisch aus dem Bad heraus: „Bist du waaahnsinnig?"

Ich erzählte Ming so lebhaft von den ehelichen Szenen in der „Strauß Dynastie", und Ming lauschte gebannt.

Ich erstattete einen richtiggehenden Rapport, und konnte in der plastischen Schilderung des Geschehens sowohl mit Namen, als auch mit Melodien aufwarten, und erzählte beispielsweise vom Tausendsappermentswalzer, der von einem enthusiastischen Gast auf diesen so überschwenglichen Namen getauft wurde.

Johann Strauß/Vater lernte eine Dame mit Namen Emilie Trampusch kennen, und ich ergötzte mich an der Idee, daß wir jemandem ein anonymes Schreiben mit folgendem Wortlaut schicken: „Es schmerzt mich, Ihnen mitteilen zu müssen, daß Ihr Gatte Fritz, der windige Geigenvirtuose seit mehr als zwei Jahren eine Affaire mit dem ebenfalls äußerst windigen Flitscherl Anna Frühwirth, wohnhaft Hauptstraße 57, unterhält."

Ming hatte gestern seinen Deutschlehrer Georg Trakovitz und dessen neue Freundin Lisa (ihres Zeichens Kontrabassistin) besucht. Der Schorsch war sich trotz oder wegen des Zusammenlebens jedoch nicht sicher, ob er sie wirklich liebt. Sie ist ihm zu dick und zu klein, und ihm schwebt eher etwas schmückendes, moddeliges vor.

Nach dem Frühstück staubte ich bei Buzen eine Violinlektion ab. Ich war sehr nett, und hörte mir geduldig die Finessen des Fingeraufklappens an. Wichtig für mich wäre es, zu lernen, halbgare Studenten, die „ganz gut" spielen, professionell zu unterweisen. Buz war gleich in seinem Element, indem er halbscheußlich Mozarts A-Dur Konzert spielte, so daß Rehlein höchst konsterniert herbeigeschossen kam, um sich Unsinn dieser Art in *ihrem* Hause ein für allemal zu verbeten. Doch dann war Rehlein wiederum froh, daß ich etwas lerne.

Ich dachte darüber nach, daß Ebi, Opa und eigentlich auch Ming meist im Examinierstile an einem herum unterrichten, so daß man wie in fahlem Lichte dasteht. (Nur schwach von Bildung erhellt)

Buz wollte mir noch jene Handbewegung nahebringen, die man braucht, um den Bogen krisp über die Saiten hüpfen zu lassen.

Hie und da ruft Buz freudig: „Jaaaa!" Dann macht man viermal das Gleiche, und dann sagt er: „Nee. Doch noch nicht verstanden!" Und so wie Buz einst die Omi Mobbl mitten während des Kochvorgangs aus der Küche zu locken pflegte, damit sie ihn bei seinem Brahms Konzert begleite, so rief er Rehlein nun aus dem Backvorgang heraus, damit sie sich als Unterrichtungsversuchskarnickel verdinge. Rehlein eilte auch gleich diensteifrig herbei, bloß zeigte sich auch schon alsbald ihr hoher Inkompatibilitätsgrad Buzen gegenüber.

Buz reagiert zuweilen leicht arrogäntlich, wenn ich auf die von ihm erfundene Bogenwischübung, wo der Bogen mit scheußlichem Geräusch verbunden über die Saiten wischt, schimpfe und mich weigere, diesen Unsinn mitzumachen. „Stell dich nicht so an!" sagt er, weil es ihm ja nur um die Sache geht. Doch Rehlein wurde davon laut und fünsch und eilte schon bald zum Herdgeschehen zurück.

Mittags gab´s ein köstliches Haubenmenü: In Öl geschwitzte Kartoffeltrümmer mit Sauerkraut.

Auf unserem Dämmerspaziergang sahen wir alle wie Scherenschnitte aus.

Ming sprach davon, daß es ihm auf die Nerven ginge, wenn ich so oft über Alter, Tod und Moribundizität reden würde, und so fühlte ich mich unter grämlichem Verdacht stehend, daß von mir nichts Großes mehr herüberkäme. Aber was will man gegen solch einen Verdacht groß tun?

Es war dunkel geworden, und im Hause breitete sich eine durmelig stimmende Stubenstimmung aus, die ich damit zu bekämpfen suchte, 15 minütige Übquader auf meiner Violine aufeinanderzustapeln.

Dann rief ich die Vitzthums an, um frohe Weihnachtswünsche kundzutun, und die Cornelia bekam sogar eine leichte Loggoröh, dieweil die Weihnachtstage mit ihrem Schorsch allein, sie konversatorisch haben austrocknen lassen. Intensiv referierte sie über Christa Wolf, und ihre Sammlung von 40 abgelebten 27. Septembern. Ein Buch, das ich ja, wie tausend andere zuvor bloß angelesen habe, da mich zur Zeit das Buch von Boris Becker über alle Maßen bannt.

Abends schauten wir einen beklemmenden Report über das schwere Erdbeben in Bam (im Irak), und eine junge Frau beklagte laut den Tod ihres Mannes und ihrer Kinder.

Buz tippte heut den Satz: „Eine Bewegung, die wir alle vom Staubwischen her kennen" in sein Lehrbuch.

Sonntag, 28. Dezember

Weißwölkig. Nur noch wenig Schnee

Durch meinen Traum *liefen zwei Damen, die mir so bekannt schienen. Richtig! Es handelte sich um jene beiden Damen, die mir neulich eine DeBeKa-Versicherung aufgeschwatzt hatten, und die Eine raunte mir zu, daß es sehr wichtig sei, ihr den Zettel mit der Unterschrift jetzt schon zu geben. Dann faselte sie etwas ganz und gar Unverständliches über eine Prämie, die mir ansonsten durch die Lappen gehen würde. Ferner hatte sie einen farbigen Dreistufenplan ausgearbeitet, den ich auch noch unterschreiben sollte. Bei der ersten Stufe handelte es sich um eine Hausratsversicherung, so daß ich überlegen mußte, wie die mir wohl von Nutzen sein könne? „Wenn mein Fernseher beispielsweise von einem Hagelschlag zerstört würde - bekäme ich dann einen neuen?" vergewisserte ich mich hoffnungsfreudig und sah den schönen neuen Fernseher bereits vor mir.*

„In diesem Falle greift nur die Unwetterversicherung, wobei Sie nachweisen müssen, daß Sie sich im Vorfeld über die Wetterlage informiert haben!" hieß es. Doch dann wachte ich auf, und erhob mich.

Für Buz lag ein schwer verständlicher Brief von der Allianz herum, den Buz angelesen und - solcherart vielleicht, wie man einen nichtschmeckenden Apfel anbeißt, und dann beiseite legte - wieder beiseite gelegt hatte.

Rehlein schimpfte ein bißchen darüber, und nagelte Buz unter ihren Beschimpfungsworten fest. „...und macht ein kluges Gesicht dazu!" fügte sie leis wie in einer ganz feinen Komposition hintan. Ich brachte zur Sprache, daß man diese Szene später in hundert Jahren im Dreiteiler „Die Königsdynastie" zu sehen bekommt. Das Wichtigste an einem Menschen ist ja, daß man immer viel über ihn gelacht hat, und über Buz hab ich doch neulich erst so warm gesagt: „Was haaaben wir schon gelacht!"

Ein bißchen ist es derzeit so, daß wir sehr auf die Wetterlage Obacht geben müssen, und hie und da kommt vom besorgten Buz der Einwurf, daß ich doch lieber mit dem Zug reisen solle.

Mittags stürmte Buz das Musikzimmer, wo ich etwas Lebensbefriedigung daraus zog, das Programm für mein Konzert in Altenau in lauter Übquadrätchen zu pressen.

Zirka 35 Minuten lang unterrichtete Buz, Raum und Zeit gänzlich enthoben scheinend an dem Bewegungswinkel von der Bogenhopsübung herum, und drohte kein Ende mehr zu finden.

Ich mußte über diese Unlogik nachsinnieren: Wenn Rehlein Buzen eine Haushaltsfinesse erklärt, wird Buz ganz ungeduldig und stellt so übertrieben zur Schau, wie unwichtig und uninteressant er das findet, und ich muß mich immer für die Geigenbewegungen interessieren.

Rehlein war heut manisch aufgequirlt, und schnupperte wie ein Hündchen an Buzens Kleidungsstücken herum, ob die wohl schon waschmaschinenreif seien? Und dann lachte Rehlein so entzückend.

Bald darauf wurde das Mittagsessen aufgetragen. Ich erzählte meinen Lieben, wie die kleine Judith beim Mittagessen auszurufen pflegt: „Igitt! Schon wieder Eier!" Und wie man sich bei den Händen nimmt und sagt: „Piep, piep, piep! Wir haben uns alle liep, guten Appetiep!"

Rehlein fand die Maxima auf einem Foto im *Spiegel* ganz häßlich, und so las uns Ming den Artikel über die royale Familie vor, die sich nach dieser Geschichte plötzlich so unzulänglich anfühlt.

Interessiert beblätterte ich mein neues Reptilienbuch und dachte mir etwas aus: Daß man auch Menschen in einen Glaswürfel sperren könnte, worin sich alles befindet, was der Mensch so braucht: Bücher, ein Ohrensessel, ein Fernsehgerät, ein Computer, eine Badewanne, ein Klosett und ein Bett. Und dann kann man schauen, was wohl zum Beispiel der Celloprofessor Hamann so macht?

„Falscher Hanseate" könnt man beispielsweise auf eine Tafel daneben schreiben, „Lebenserwartung 65 – 70 Jahre."

Nach dem Essen begab sich Promenatoholiker Buz mit uns Kindern auf einen Spaziergang, und wer hätte jetzt gedacht, daß wir *direkt* vor dem Gasthaus den Frederik mit der Conny treffen? Seit Februar sind sie verliebt und laufen immer noch Hand in Hand. Ming war ganz entzückend, und streckte der

Conny kennenlernungsfreudig die Hand entgegen. „Ich bin der Iwan!" sagte er nett.

„Wir kennen uns eh!" sagte die reife Conny mit ihrer lackschwarz gefärbten, und einem bunten Band zusammengehaltenen Krautfrisur, und dann setzten wir unseren Lebensweg in die entgegengesetzte Richtung fort. Ming freute sich an dem schönen Panorama, und sagte verschmitzt: „Obwohl man sich in unserem Alter schon fragen muß: „Wie lange noch?""

Wir unterhielten uns über die Kunst des Vorunterrichtens, und ich sagte ganz viel Spöttisches über die Kollegen in der Kommission. Mitten auf dem gewundenen Spazierweg in die Höh´ rief Ming Rehlein auf dem Händi an, dieweil er Heimweh nach seiner alten Mutter bekommen hatte. Doch Rehlein hob nicht ab, da Rehlein keine Anrufe mehr erwartet.

In der Jausenstund zu Kaffee und Rehleins köstlichen Gutsles kehrte Ming wieder den Moralisierenden hervor, und hielt ein Referat darüber, wie leicht man aus dem Leim gehen kann, dieweil ich ihm zur Zeit zu dick bin. Vitzthumbedingt mußte ich die angemahnte Diät allerdings noch eine Weile vor mir herschieben.

Höhepunkt der Woche war natürlich wieder die Lindenstraße, wo heut Weihnachten gefeiert wurde. Der Hansemann - in der Vorwoche als Betrüger entlarvt - muß so etwa 13 000 € Strafe zahlen und ist demgemäß total depressiv. Zwanghaft konnte er nur noch *darüber* nachdenken.

Abends kamen die Vitzthums. Rehlein hatte köstlich gekocht. (Ein Reisgericht mit Gemüse)

Buzen wiederum ging es nicht gut. Schon beim Spaziergang habe er einen Alb auf der Brust gefühlt.

Bedrückt schauten wir alle ganz oft auf Buz drauf. „Vielleicht hast du den Tod deiner Mutter nicht verkraftet!" sagte Rehlein besorgt, denn in diesem Falle könne man Buzen ja wohl kaum helfen?

„Kann sein", sagte Buz nur.

Ich stellte mir vor wie es wäre, wenn Buz nach Art vom Bürgermeister Luger plötzlich stürbe? Stürbe Buz jetzt, so würde er sich all die Molesten des Alters ersparen, doch wie sollte *unser* Leben ohne Buz aussehen?

Nach einer Weile schien es Buzen wieder etwas besser zu gehen, und Ming erzählte von Dodiks kühler Mutter Diana, in deren Aura man gefrieren muß. Nur ihren Ehemann hat sie sehr im Blick. Mehr noch: Böse Zungen behaupten gar, daß sie ihn nie aus den Augen lässt, so daß sich der arme Mann ganz angepflockt fühlt.

Montag, 29. Dezember
Ofenbach - Metten

Regnerisch trübe

Vor dem Einschlafen hatte ich noch über den Exitus von Boris Beckers Vater Karlheinz gelesen. Ich weinte sehr stark, weil ja Buz gestern abend auch schon beinahe überraschend gestorben wäre. Es wurde einem auf unschöne Weise klar gemacht, daß Buz bloß eine Leihgabe der Natur ist.

Angst- und Verlassenheitsempfindungen, gepaart mit Vorstellungen, in Eis und Schnee zu verunfallen, vermischten sich mit der Gewissheit, je weiter ich mich hinfortbewegte, desto losgelöster von meinen Lieben ich wäre. Ich sah mich einsam in triefendem Regen hinfort fahren.

Unter der Dusche jedoch wurde mein Kopf von friedvollen Gedanken befüllt.

Ich dachte an das Ehepaar Bisold aus Wittmund, das einst einen so gehässigen Leserbrief über Ming geschrieben hat. „Wir glauben kaum, daß regelmäßige Konzerte des Studierenden Iwan König, Auftritte von Justus Frantz oder Elisabeth Leonskaja überflüssig machen." Solcherart tönten die Worte aus hohngespitzten Lippen, und wirkten auf uns Königs wie Ohrfeigen. Und dabei kann man sich strenggenommen kaum etwas vorstellen, was deren Konzerte noch überflüssiger machen könne, als eben Konzerte Mings! Ich stellte mir vor, wie ich diesem Ehepaar einen warmherzigen Brief im Stile von Frau

Picker schreibe. Frei von Ironien und verborgenen spitzen Untertönen – nur jenem Zwecke dienend, die Eheleute wieder glücklich zu stimmen, denn in Unfrieden mit anderen zu leben ist mühsam und unschön. Den Eheleuten könnte man schreiben: „Sie haben selber so wunderbare Qualitäten, und auch so eine menschliche Größe. Tief im Inneren wissen Sie wahrscheinlich, daß Sie es gar nicht nötig haben, Leserbriefe dieser Art zu verfassen. Netter wäre es allemal, geschrieben zu haben: Was sind wir Ostfriesen so reich beschenkt: „Die Frische eines Iwan König, dem pianistgewordenen Frühling, wenn man so will, die russische Seele einer Frau Leonskaja und der Schmelz eines Justus Frantz... Dreifaltigkeit der Klavierkultur in Ostfriesland."

Heute am Tag meiner Abreise fühlte ich die Liebe und Wärme meiner Familie so sehr. Ming am Tischesrund kuschelte sich sogar an mich, und hernach war der süße Schatz die ganze Zeit damit beschäftigt, einen wohlüberlegten Reiseplan für mich auszutüfteln. Buz war wegen der Wetterlage sehr besorgt und skeptisch, und Rehlein war es nicht minder.

Vor meiner Abreise schauten wir noch den dritten Teil von der „Strauß-Dynastie", und als der verstorbene Vater Johann Strauß/Vater, 41 Jahre, scharlachinfiziert tot auf dem Boden lag, traten uns allen Tränen des Schmerzes die Augen.

Mittags holte Rehlein die Post herein. Unser lieber Freund Christoph hatte einen Jahresrückblicksbrief für die Familie verfasst. Auf der ersten Seite schrieb er schwärmerisch über das kleine Töchterlein, das so viel Freude und Glück ins Familienleben bringt.

Auch die Ulrike hatte ihre großformatige Zeitung geschickt, in der ein Artikel über ihren geliebten Flamenco zu lesen war: „Da ist es wieder, das Kribbeln in den Beinen…"← so schrieb sie, und daneben war ein Ballettfuß abgebildet.

Buz rief Frau Wies an. Frau Wies erwies sich, wie der Name schon sagt, als äußerst plauderfreudig, und Rehlein in der Küche wurde dieses Gespräch zu lang. „Ge-nu-huug!" rief sie gleich zwiefach. Buz erzählte hernach, daß die Familie Wies das Weihnachtsfest heuer gar nicht so richtig wahrgenommen habe, da leider alle flach lagen.

Ich kam und kam nicht weg. Schließlich wärmte mir das süßeste Rehlein ein Reisgericht in der Pfanne auf.

Gegen halb zwei kam ich dann doch los, und mir war traurig zumute. Ich fühlte mich wie ein großer Lappohrhund, der die Mundwinkel hängen lässt, und die Stirn für den Rest des Lebens in kummervolle Falten legt.

Ming experimentierte noch an meinem Händi herum, da wir den Klingelton so gern in Form vom Tausendsappermenzwalzer hätten.

Dann fuhr Ming mein Auto rückwärts durch das enge Gattertor, und ich selber fuhr bei Regenwetter los.

Ich fuhr und fuhr und hielt zwei Rosenberger*-Raste ab. Den ersten im Sankt Pöltener Rosenberger. Dort war ich leicht sündig, indem ich zu meinem warmen Apfelstrudel einen Café Maria Teresia (mit Cointreau) bestellte.

*Paradiesisch schöne Raststättenkette, die es nur in Österreich gibt

Später rastete ich wiederum im Flachdachrosenberger. Ergeben saß ich da, den Blick durchs Fenster gerichtet, wo ich die ganze Zeit meinen eigenen Namen las, nämlich KIKA (am Möbelhaus Kika).

Der Kellner brachte mir eine Karamelmixmilch, und ich fand ihn eigentlich nicht so nett. Als ich freundlich frug, ob man gleich zahlen dürfe, sagte er unverbindlich wie ein Grenzbeamter: „Furn an der Koussn!" Vorn an der Kasse und so schielte ich nach seinem Namensplaketterl, um auf den Lob & Tadel-Zettel zu schreiben: Ihr Kellner, Herr …ist wenig nett und sehr grob. Außerdem hat er mir unverhohlen in den Ausschnitt geschielt. Sorgen Sie dafür, daß dieser Mensch bald das Weite sucht…" Doch dann überlegte ich, *daß er vielleicht so schlecht gestimmt ist, weil ihm jemand seine Frau ausgespannt hat* und so nahm ich den Zettel wieder an mich.

An der Kasse saß eine Frau namens Franziska. Dies merkte man daran, daß eine Andere rief: „Franziska, Servus!" so daß auch ich mich umdrehte. „Wir haben den gleichen Namen!" sagte ich und lächelte freundlich und erfreut, so wie eine ganz einsame Frau, die einen Halm findet, den man ergreifen, und darauf eine Freundschaft aufbauen könnte.

Meine Weiterfahrt mündete in die Dunkelheit.

Ich nächtigte im bayrischen Ort Metten, unweit der Grenze und rief meine Lieben an. Sie waren zwar nett, doch besonders lobenswert schien denen die zurückgelegte Strecke leider nicht.

Nach einer Minute rief ich erneut an, bloß um zu verkünden, daß das Gasthaus an dem ich abgestiegen sei „Gasthof Josef Lanner" heiße. Dies stimmte zwar nicht ganz – nur zu 66 %, da es in Wirklichkeit „Josef Lehner" hieß. Doch ich schwindelte wohl deswegen, weil ich ungläubiges Staunen auslösen, oder aber nochmals die Stimme meiner Lieben hören wollte.

Ich setzte mich in die spärlich besuchte hauseigene Raststätte, bestellte einen Käseteller mit Petersilien-verzierung, und las in den herumliegenden Journalen beispielsweise das Unglaublikum, daß in der Tötenser Villa von Dieter Bohlen eingebrochen worden war. Sogar die Weihnachtsgeschenke für die Estefania - u.a. edle Dessous aus einer feinen Boutique - waren geraubt worden.

Dann begab ich mich auf mein Zimmer und schaute „Frauentausch". Mir ist es stets unbe-greiflich, daß es für die Frauen eine solche Strafe sein soll, mal zehn Tage lang von der Familie getrennt zu sein? Eine Dame aus Bayern tauschte mit einer Kölnerin, und die Damen waren sich bereits „nicht grün", *bevor* sie einander kennenlernten, was man daran gemerkt hat, daß ihre Videobotschaften schon so barsch wirkten, daß sie von der jeweils anderen, Abwehrstacheln ausfahrend und ganz konsterniert angeschaut wurde.

Die Kölnerin war sehr eifersüchtig. Nach acht Tagen führte sie ein Telefonat mit ihrem Mann, der nur am Heulen war. Zwei Tage vor Ablauf des Ultimatums hielt sie es nicht mehr aus und reiste heim. Despektierlich sagte sie zur Susi aus Bayern, daß sie sie nicht in ihrem Haus ertrage, und sie bitten möchte, augenblicklich wieder nach Bayern zurück zu reisen, und sich hier nie wieder blicken zu lassen.

Der Fernsehgenuss war hier deutlich getrübt, da ich keinen gemütlichen Sitzwinkel für mich fand. Es gab lediglich die Möglichkeit, sich auf einen harten Stuhl zu setzen, oder aber mit steil in die Höhe gewinkelten Knien auf's Bett. So ungefähr stell ich's mir vor, geht es einem Jemanden, der eine Haftstrafe absitzt.

Dienstag, 30. Dezember
Metten – Grebenstein

Zum Teil schön sonnig.
Grad in der Rhön lag überhaupt kein Schnee

In der Nacht schlief ich nicht gut, denn im Hotel ging es laut und rücksichtslos zu.

Ein bißchen träumte ich im Morgengrauen allerdings doch: *Daß eine ganz neu zusammengestellte Putzkolonne hereinquoll. Vor der Tür befand sich ein Flur, der gleichzeitig ein Spazierweg in der Natur war, an dessen Wegesrand knorzelige Bäume standen. Eine der Putzfrauen - Frau Herta Koch aus Trossingen - hatte doch im letzten Jahr einen Ferienjob mit mir bekleidet, so daß ich sie erfreut begrüßte. Doch ich spürte, daß sie sich nicht mehr an mich erinnert hat. Sogar die Musikschulsekretärin Frau Saathoff aus Aurich gehörte der Kolonne an.*

Dann erhob ich mich.

Mit meiner neuen Kurzhaarfrisur sah ich etwas „frech" aus – (das Beste was man aus einer 41-jährigen vielleicht noch machen kann).

Bald zeigte ich mich in dem noch halbdunklen Frühstücksgemach, und die milde zurückhaltende Frau dort streckte die Hand (nach dem Schlüssel?) aus. Aber vielleicht streckte sie sie ja auch zu einem „Guten Morgen"- oder „Kennenlernungsgruß" aus? Daß aber ihre Finger zu diesem Bestreben so welk herabhingen? Und ich habe die dargebotene Hand womöglich mißinterpretiert und gar nicht ergriffen, dachte ich zerknirscht, als ich mich beschämt ob dieser Erkenntnis an den Frühstückstisch schlich. Am Nebentisch saß ein stiller junger Mann.

„Guten Morgen!" sagten wir beide fast zeitgleich, so daß der eine Morgengruß den anderen zu verdecken schien, und man sich ebenfalls zerknirscht fragen mußte, ob der eigene Morgengruß womöglich in dem anderen gänzlich untergegangen ist, so daß man äußerst unhöflich wirkte?

Ich frug mich, was mich jetzt wohl daran hinderte „Schmeckt´s?" zu sagen, und mit dieser persönlichen und doch angenehm knappen Frage eine Bekanntschaft in Gang zu setzen?

(Ein neutral wirkender junger Mann, zirka 32 Jahre alt).

Wahrscheinlich ist er schon vergeben, dachte ich, da er ja ein Händi mit sich führte, und unvergeben schafft man sich doch wohl kein Händi an?

Ich schmökerte im *Spiegel*. Das Frühstück in dieser Gaststätte, die sich in all den Jahren nicht groß verändert hat, ist scheinbar nichts besonderes, auch wenn die Wirtin einem die Käseplatte regelrecht frisiert hat, ohne zu fragen, ob man das überhaupt mag. Meist gibt´s Graubrot mit einem Klecks Marmelade. Doch beißt man erst hinein, so schmeckt´s.

Ich stellte mir vor, *wie ich Herrn Großmann dazu animiere, bei „Frauentausch" mitzumachen, damit er einmal sieht, was er an seiner Inga hat.*

Doch dieses Experiment geht gründlich daneben. Es kommt nämlich eine junge, bildhübsche Bulgarin. Alles ist stets ruckzuck fertig, mittags steht überpünktlich ein köstliches Mahl auf dem Tisch, und abends sind die Kinder wie selbstverständlich ordnungsgemäß bereits ins Bett abgeladen, so daß einem geplagten Familienoberhaupt die ganzen Ungezogenheiten und Herumzickereien erspart bleiben. Und wenn Vati Achim müde heimkehrt, so massiert sie ihm auch noch die Füße! Jetzt könnte man so schön kuscheln. Bloß ist es offiziell nicht seine Frau – warum eigentlich?

Ich tauchte aus meinen Träumereien wieder hervor, und der Herr am Nebentisch sagte nett: „Auf Wiedersehen!" Ich sagte es auch, er bog um die Ecke, und wahrscheinlich habe ich ihn zum letzten Mal gesehen, denn selbst wenn man sich durch größten Zufall in diesem Leben nochmals begegnen sollte, hätte ich ihn mir einfach nicht gut genug eingeprägt. Ich hätte kein Phantombild von ihm anfertigen lassen können. Noch hätte ich ihm hinterhereilen können, um ihm diese Überlegungen mitzuteilen… doch mit jeder Sekunde schwand diese Ambition.

Stattdessen fuhr ich ab. Im Radio spielte Viktoria Mullova das Violinkonzert von Brahms. Doch zum größten Teil gefiel es mir nicht. Am Pult stand kein Geringerer als Claudio Abbado, und dieser Name ist doch wohl ein Begriff? Ich jedoch kann beide nicht leiden, und diese beiden sich untereinander wohl auch nicht. Alles klingt distanziert und spröde, wie von kühlen und eiligen Interpreten interpretiert, die ihre Brief knapp mit Gruß V oder Gruß C unterschreiben, und nur der Brahms als Schöpfer dieses unsterblichen Meisterwerks, ohne das die Welt um so vieles ärmer wäre, ist toll.

Einmal tänzelte eine große braune Einkaufstüte auf der Autobahn herum, und ich bildete mir ein, *daß ein alter Opa mit seinen Enkelkindern Blödsinn trieb, indem er einfach Gegenstände von der Brücke hinabwirft, bzw. die Kinder dazu anstiftet, da Kinder noch nicht strafmündig sind.*

In Kassel erlebte ich eine riesengroße Enttäuschung: Der Schallplattenladen wird komplett aufgelöst, und die Klassikabteilung - ohnehin wegen mangelndem Interesse in den Keller verbannt - war bereits ganz kahlgeräumt und erinnerte an die leeren Tiefkühltruhen damals im sterbenden „Kaisers", einem beliebten Supermarkt in Aurich. Kassel versinkt im Muselsumpf. Alles, was einem etwas bedeutet hat, verschwindet und löst sich auf.

Ich besuchte die Sushibar in der Königspassage und versuchte, mich so zu fühlen wie das einsame Evchen, bloß um hernach die Fröhe zu genießen, daß ich eben nicht das einsame Evchen bin. Ähnelnd somit einem Menschen, der sich im Winter zu einer Eislatte zusammenfrieren lässt, um das heiße Bad hernach umso besser auszukosten.

Ich aß Sushi und trank einen Grüntee. Dann kaufte ich mir für einen €uro ein Los („leider nichts") und hernach fuhr ich nach Grebenstein. Zum ersten Mal im Leben fuhr ich diesem Ort ohne Omi entgegen.

Zunächst fuhr ich zum Rewe um einen Einkauf zu tätigen, da ich nicht mit leeren Händen ankommen wollte. Doch ich erlebte ja was! Der Rewe war nämlich ganz dunkel, und hinzu leer geräumt. Aber dann sah ich ihn grad auf der Straßenseite gegenüber in neuer Pracht eröffnet. Ich besuchte somit einen völlig fremden Supermarkt, wo ich mich wie eine Fremde fühlte. Surrealistisch war jedoch das Gefühl, daß einem die Käufer und Verkäufer allesamt so vertraut waren.

Ming hatte mir unlängst eine Geschichte aus Italien erzählt: Man hatte sich sehr nett von der Tante Uta verabschiedet, doch kaum war man losgefahren, da kam ihnen die Idee, sich im ortseigenen Supermarkt noch ein wenig Reiseproviant zu beschaffen.

Im Supermarkt trafen sie die Uta erneut, die mit zwei Flaschen Wein durch die Gänge huschte. Diesmal jedoch nickte sie ihnen nur ganz knapp und unpersönlich im Vorübergehen zu und verschwand. Und dabei ließ sie sich doch mal feiern, daß sie drei Jahre lang abstinent gelebt hatte. Na, wer's glaubt!

Daran mußte ich nun denken, als ich durch die Supermarktsreihen lief.

An der Kasse stand zu lesen, daß den Mitarbeitern eine Fangprämie von 75 € für jeden Ladendieb zustünde.

Dann begab ich mich in Omis verwaiste Wohnung auf dem Burgberg, und übte noch ein wenig Violine, während ich im Geiste einige Szenarien durchspielte: Beispielsweise wie es jetzt wohl wäre, *wenn die Schrödersche klingelt, um mich unter einem unsinnigen Vorwand zu bitten, leiser zu spielen. „Mein Sohn hat morgen Deutschprüfung und muß seinen Kopf beisammenhalten!“ „Gefällt Ihnen mein Spiel nicht? Da studiert man so lange, und es gefällt nicht.“*

Dann dachte ich mir noch aus, wie es wäre, *bei den Schröders zu klingeln und zu fragen, ob ich ihnen vorspielen dürfe? Die Schrödersche würde wohl sagen: „Schönen Dank!*

Aber wir verstehen leider überhaupt nichts von Ihrer Art der Musik. Außerdem bekommen wir jeden Moment Besuch!"

„Ach, es würd gewiss nicht lange dauern. Drei Minuten! Das kann man doch wohl mal aushalten!" und dann spiele ich anrührend den dritten Satz von der a-moll Sonate. Und den Schröders gefällt es wider eigenem Erwarten.

Abends schaute ich den „Bachelor", ein Wort, das mir gefallen würde, wenn es nicht auf englisch ausgesprochen würde.

Ein zu schön um wahr zu seiender Beau hatte schon so viele Barbiepuppen ausprobiert, und heute sollte die Entscheidung fallen. Auf die Erwählte würde ein Leben in unfassbarem Luxus warten.

Im Rolls-Royce wurden die beiden verbliebenen Kandidatinnen herbeigerollt. Ein livrierter Diener mit weißen Glacéhanschuhen öffnete die Tür, und dann liefen sie über einen roten Steg, der in hoher Bogenform über einen Swimmingpool gespannt war ihrem Märchenprinzen entgegen. Gewonnen hat das Rennen „die Juliane", während eine gewisse Nicole, leer ausging und ganz traurig davon wurde.

Mittwoch, 31. Dezember

Blass und feucht vernebelt

Am Morgen spürte ich sehr stark, wie mein Energiepegel durch die Einsamkeit hinabgedimmt wurde. Die kleinsten selbstverständlichsten Kleinigkeiten, wie beispielsweise, sich hübsch zurechtzumachen, für ein gemütliches Frühstück zu sorgen und hernach noch ein bißl was einzukaufen, schienen mir fast undurchführbar. Man weiß, man muß dringend jemanden finden, an dem man die nur noch leicht zitternde Reserve-Batterie wieder aufladen könnte, doch selbst das schafft man nicht.

Dann aber raffte ich mich doch noch zu einem Supermarktsgang auf, und wer hätte jetzt gedacht, daß ich dort auf Ulla T. träf? Der Supermarkt - viel geräumiger und reichbestückter als vormals - ist mir zur Stund´ noch so neu, daß ich währenddessen vergessen hatte, mich in Grebenstein zu befinden. Schlimmer noch: Ich fühlte mich selber nicht in diesem fremden Supermarktsareal.

Die Ulla bedankte sich für „meine Karte", und dabei hatte ich doch einen Brief geschrieben!

„Ich schreibe nur selten Karten!" sagte ich, „denn die sind mir zu klein, um kluge Gedanken darauf auszubreiten!"

Sehr nett lud mich die Ulla dazu ein, am Abend bei ihnen zu feiern, da sie doch ohnehin so viele seien.

Daheim sah ich Omi Kwazolla am Fenster leuchten. Und wie´s so ist: Menschen, die man vielleicht nicht sooo gern besucht, winken einen herbei, und Menschen wie ich, die alle Zeit der Welt haben, machen eine schwer deutbare Geste, die vielleicht besagen soll, daß man etwas vorhabe. Gute Augen hat sie auch noch, denn als ich ihr ein Kußhändchen zuwarf, da warf sie mir eines zurück.

„…Jetzt wird die auch noch 85!" dachte ich stellvertretend für die Helga ergeben.

Daheim übte ich so rum. Manchmal trank ich Kaffee und las, und einmal rief mich der treue Buz an. Die „Erwachsenen" (Rehlein und Ming) waren einkaufen, und so bekam Buz Zeitlang nach mir.

„Ich habe dir eine „Blitzpädagogik" geschrieben!" sagte Buz stolz.

Dies bräuche ich, um beim Vorunterrichten nicht in Verlegenheit zu geraten. Einen kleinen Spickzettel, wo zu den verschiedenen Aspekten des Violinspiels etwas im Telegrammstil zu lesen steht.

Nach einer Weile verließ ich das Haus, um den Burgberg hinaufzujoggen. Der Hund der Familie Wies bekläffte mich auf seine empörte Art. Ich zeigte ihm den Stinkefinger, und sah Herrn Wies an der Haustür. Über ihn hatte ich schon nachgesonnen *und überlegt, daß er sich zu Silvester vielleicht zu erschießen plane. Auf den Tisch legt er ein Abschiedsschreiben, aus dem hervorgeht, daß ihm die häßliche Diagnose „Prostatakrebs" den ganzen Lebensmut genommen hat.*

Doch jetzt sah ich den freundlichen Herrn in der Ferne, und rief ihm ein paar warme Worte zu.

Ich joggte auf den schlanken, mit Knisterblättern belegten Wegen, die sich serpentinenförmig um den Berg schlängeln.

Wieder daheim:

Im Treppenhaus traf ich den 13-jährigen verstockten Pubertierling Janosch, der sich einen roten

Hahnenkamm auf sein Haupt hat draufzaubern lassen, um zu schockieren und wachzurütteln.

Kurz vor vier kam ein Anruf von der Helga, und das, wo die Anrufe in Omis diesbezüglich einst so lebendigen Wohnung langsam rar werden. Die Helga lud zum Schwarztee.

Eigentlich war ich ja mit Frau Wies verabredet, und so rief ich schnell dort an, um diesen Besuch zu verschieben. Frau Wies war dies sehr recht, dieweil sie doch bei Menzels eingeladen waren - und zwar bei jenen, die am Geburtstag bei ihnen war.

„Ich dachte schon bei der trockenen Frau nebenan!"

„Ach, um Gottes Willen!" sagte Frau Wies unwirsch über die spröde Nachbarin, die man sich wirklich überhaupt nicht als Gastgeberin vorstellen kann. Ihn sieht man zwar zuweilen mit den Enkeln, sie aber nie.

„Die Enkel dürfen sie auch nicht Oma nennen!" erfuhr ich, „nur „Großmutter"".

Dann eilte ich auch schon zur Helga. Die Helga sah heute so süß aus, fand ich. Wie in einem tschechischen Märchenfilm. Sie, die eine Mischung aus meinen beiden verstorbenen Omas ist (redet wie Oma Ella („Ach Gott, was will´s denn, das Mädchen?") und hat den Charakter von Omi Mobbl), liebe ich.

In einem Tontopf, auf dem „Gebäck" draufgeschrieben steht, befanden sich die Weihnachtsgutsles, welche die Schwägerin gebacken hatte, und die jetzt zum Tee gereicht wurden. Doch sie schmeckten nicht.

Helgas Sohn Thomas, so erfuhr ich, würde gern mit seinen Kumpeln groß feiern, doch hierfür mußte er nun die Garage aufräumen, so daß man ihn gar nicht zu Gesicht bekam. Das heißt, wenn man ihn wirklich sehen wollte, so sah man ihn von Omis Stube aus, natürlich schon.

Beim Üben war ich mit mir ins Gebet gegangen:

„Wenn ich noch Kinder haben will, dann müsste ich mich anders verhalten, als ich es tue!" dachte ich. Ich versetzte mich in eine normal tickende Frau in Omas Sinnen hinein. Ich müsste das Fenster öffnen, gewisse Funksignale aussenden, und seine Nähe suchen…"

Zurück in Helgas Wohnstube:

„Aus der Erörterung der Weihnachtsgeschenke ließe sich doch ein schöner Konversationsstoff weben!" dachte ich, und setzte diesbezüglich eine fragend-anteilnehmende Miene auf, zumal es mich wirklich brennend interessierte, so daß sich die Miene strenggenommen von alleine gebildet hat.

Die Helga hatte vom Thomas ein paar geschnitzte Figürchen für ihre Krippe bekommen. Omi Kwazolla bekam eine Schürze, doch dann war der Helga entfallen, was in dem zweiten Päckchen stak, das die Oma geschenkt gekriegt hat. Omi Kwazolla wußte es überhaupt nicht mehr, und auch die Helga rang verzweifelt daran herum, was da wohl drinnen gewesen sein könnte. (Eine Tischdecke, wie sich später herausstellte)

Von unserem Onkel Ebi war eine leicht anämische aber liebe Karte an „Frau Cvatsolla*" gekommen. *"Schreibt man das so?" hatte der Onkel schüchtern geschrieben, denn wer möchte einen Menschen schon mit einem gänzlich falsch geschriebenen Namen ansprechen?

Omi Kwazolla hatte sich mit Ohrringen verschönt, und es hieß, der Frido, der Vogel sei immer ganz wild auf die Ohrringe.

Ich blieb ganz lange bei denen, obwohl es leider nie so ganz interessant wurde, da Frau Kwazolla dauernd irgendwelche Unwichtigkeiten mitten in die Unterhaltungen hineinbabbelt. Aber auch die Helga neigt ein bißchen dazu, sich in Unwichtigkeiten zu verzetteln. Zum Beispiel jenes Kirchenblättle hervorzusuchen, wo Omis für uns noch immer unfaßbarerer Exitus aufgelistet ist.

Doch da fiel mir ein, daß auch der Opa nach Mobblns Tod ganz wild auf das Gemeindeblättle war, worin man vielleicht hätte erfahren können, daß die Mobbl doch noch lebt.

Eigentlich wollte die Helga um halb sechs den ökumenischen Gottesdienst besuchen, doch die alt und müde Gewordene schaffte es nicht (mehr). Allerdings habe man sich gestern in Kassel Beethovens neunte Symphonie angehört.

„Damals war Beethoven schon blind!" erklärte sie.

Dann zeigte mir die Helga noch ein lustiges Weihnachtsgedicht, das sie aus der Zeitung ausgeschnitten hatte. Auf humorigste Weise wurde darin beklagt, daß man vergessen hätte Lametta zu kaufen.

Daheim schaute ich Bunte-TV mit Fürstin Gloria in ihrem Palast. Die Bunte-Frau frug auf ihre scheinbar seriöse Art, was wohl wäre, wenn eine ihrer Töchter sich in einen nicht adeligen Herrn verliebe, und die Fürsten antwortete schlicht, daß es ihr um etwas anderes ginge: Daß er katholisch sein und eine Arbeit haben müsse. Wichtig sei außerdem, daß er seine Frau *wirklich* liebt. Der Opa in mir war ganz schockiert über das mit dem Katholischen, aber ansonsten fand ich sie nett.

Nach einer Weile rief der Onkel Hartmut an. Ich bündelte meinen ganzen Mut, um ihn um etwas Bettwäsche zu bitten. Eigentlich widerstrebt es mir, jemandem Bettwäsche abzuschwatzen. „Die könnte meine Mama so wunderbar gebrauchen!" sagte ich zärtlich und sah Rehlein mit frohem Gesichtsausdruck vor mir.

Vor dem Hause lärmten die Kinder vom Schröder mit ihren Krachern, und es klang jedesmal so, als würde jemand einen Schneeball an die Fensterscheibe schleudern.

Dann rief mich Ming als Jahresausklangstelefonator an, um mir zu berichten, daß er den Abend mit Gersi und Fritz zu verbringen gedenke, da dies Gespann das Jüngste war, das er noch finden konnte. Im Gegensatz zu mir, die ich mich am wohlsten in der Gesellschaft lieber älterer Menschen befinde, zieht es Ming zum Frühling des Lebens zurück. Buz & Rehlein sind ihm zu alt.

Dann sprach ich Andi und Lisel auf Band. Ich bescherzte die beiden damit, daß ich den Ehrgeiz gehabt hatte, die erste Gratulantin im neuen Jahr zu sein, doch weil ich *zu* ehrgeizig war, bin ich jetzt die Letzte im alten Jahr.

Personenverzeichnis (eine Auswahl):

Achim, Gitarrist und Familienvater aus Fischerhude (*1953)
Alfonse, (*1933) Ehemann von der Haushälterin von Herrn Herberger
Andi, Onkel mütterlicherseits in Blankenfelde (*1949)
Annelotte, Frau in Wien (*1966)
Antje, (*1948) Ehefrau von meinem Großvetter Martin im Harz
Ayla, (*2003) Töchterlein von Buzens Exe Hilde
Barbara, (*1960) lebensfrohe, nette Frau in Ofenbach
Bea (Beätchen), (*1943) Tante mütterlicherseits in Kalifornien
Bernhard, Spezi Mings in Aurich
Berke, Herr, (*1938) Verehrer Rehleins in Aurich
Bogad, Dr., Hausarzt in Ofenbach (*um 1958)
Bohnke, Walter und Renate, altes Ehepaar in Frankfurt a. M. (Er 1920 – 2000 / Sie *1923)
Bott, Omi, (*1936) Mutter von meiner lieben Freundin Ute in Rottweil
Christa, (1941 – 1993) Exe von Onkel Dölein in Amerika
Christiane, Hausfrau und Mutti in Aurich (*1966)
Christoph, lieber Freund in Aurich, Cellist, Komponist, Lehrer und Dirigent (*1965)
Dodik, (*um 1971) Sommergast in Ostfriesland
Dölein, (*1936) Lieblingsonkel in Amerika
Doris, (*1982) Studentin Buzens
Eberhard, (*1947) Onkel väterlicherseits in Berlin
Eisfelds, kreative Familie aus Hannover
Elfie, (*1962) ehem. WG-Mitglied in Trossingen
Evchen, (*1959) ehemalige Kollegin von der Omi im Rechtsanwaltsbüro
Frederik, (*1982) Sohn von der Irene in Ofenbach
Friedel, Lieblingsvetter in Bonn (*1962)
Fritzi, (*1971) Student Buzens
Frederik, (*1982) Sohn von Rehleins entfernter Kusine Irene in Ofenbach

Frühwirth, Anna, (*1914) liebe alte Dame in Ofenbach

Giacomo, Kellner im „Milano" in Trossingen (Geburtsdatum unbekannt)

Gisela, (*1967) Schönheit in Bonn

Gloria, (*1977) Studentin Buzens

Greta, (*1994) Töchterlein von unseren lieben Freunden Roland und Barbara in Ofenbach

Großmann, Familie, Gitarrist in Fischerhude (*1953)

Hartmut, (*1945) Onkel väterlicherseits in Münster

Heike, Herr, (*1933) vielseitiger Herr, Professor, Komponist, Geigenbauer...

Helga, (*1942) Dame, die im Hause gegenüber von der Omi lebt (in Grebenstein)

Herberger, Rolf, (1908 -2003) ehemaliger Kollege Buzens im Orchester in Baden-Baden. Komponist

Hikaru, Flurnachbar in Trossingen (Geburtsjahr unbekannt)

Hilde, (*1964) Exe Buzens

Hubert, (*1961) Mann von meiner Freundin Ute

Ilse (Ilslein), (1913 – 1996) Opas Kusine in Ofenbach

Irene, (*1944) Rehleins Kusine dritten Grades in Ofenbach. (Die Großmütter waren Schwestern)

Irma, (*1937) Witwe von Opas Bruder Otto in Kiel

Jenny, (*1975) zweite Tochter von der Tante Bea in Amerika

Jim, (*1960) Ehemann unserer Kusine Linda in Amerika

Johann, (*um 1965) Familienoberhaupt einer kleinen Familie in Aurich

Judith, (*1998) kleines Töchterlein von Herrn Großmann, dem Gitarristen

Kaspar, (*1933) Vater von meiner lieben Freundin Ute in Rottweil

Kwazolla, Omi, (*1919) Mutter von meiner Freundin Helga in Grebenstein

Lehner, Christa (*um 1940) Frau aus der Nähe von Ofenbach

Linda(lein), (*1973) älteste Tochter von unserer Tante Bea in Kalifornien

Lisel, (*1932) Frau von unserem Onkel Andi in Brandenburg

Maier, Johanna, bedeutende Haubenköchin aus Filzmoos bei Salzburg (*1951)

Margarethe, (*1970) Freundin in Karlsruhe

Martin, (*1958) mein Großvetter im Harz

Michaela, (*1972) Tochter von Omis Zugehfrau in Grebenstein

Mobbl, Omi, (1910 - 1999) Omi mütterlicherseits

Nicole, (*1971) Studentin Buzens

Nowak, Opa, (*1933) Schwiegervater von meiner lieben Freundin Ute in Rottweil

Omar, (*1973) Ehemann von Buzens Exe Hilde

Poppi, (*1943) wohltätiger Nachbar in Ofenbach

Priwitz, Frau, (*1911) Nachbarin in Aurich

Radax, (*um 1936) mein ehemaliger Dorfschullehrer in Ofenbach

Rainer, (*1934) Rehleins Bruder in Toronto

Rautenberg, Frau, (*1920) Nachbarin in Aurich

Rehlein, (*1939) unsere Mutter

Reichmanns, (*1928/1931) altes Ehepaar, das ich in Trossingen beim Spaziergang am See kennengelernt habe

Reimers, Rektoreneheleute in Trossingen (*1941/1942)

Ric, (*1945) Exmann von unserer Tante Bea in Amerika

Rifflein, (*1978) Sohn von unserer Tante Bea in Amerika

Roland, (*1960) netter und frischer Herr in Ofenbach

Rosa, (*1965) die Neue an der Seite vom Friedel

Saathoff, Frau, (*1934) einsame alte Dame in Aurich

Schröders, Vermieter und Nachbarn von der Omi in Grebenstein

Schüt, Fritz, (*1917) väterlicher Freund Buzens in Aurich

Simone, (*1975) ehem. Studentin Buzens

Thomas, (*1972) Sohn von der Helga in Grebenstein

Ulla, (*1947) mütterliche Freundin in Grebenstein

Ulrike, (*1949) Haushälterin von Herrn Herberger in Baden-Baden

Uta (Utelchen), (*1936) Tante mütterlicherseits

Ute B., (*1966) liebe Freundin in Rottweil. Ehem. Studentin Buzens

Wies, Herr und Frau, (*1939/1940) Omis Helferin in Grebenstein mit Ehemann

Valerie, (*1962) ehem. Studentin Buzens

Veronika, (*1945) unsere beste Freundin in Nürnberg

Vitzthums, Eheleute in Ofenbach (*1936/1957)

Xie, (*1957) ehem. Kommilitone aus China. Sänger

Yussuf (Yüsslein), (*1999) Söhnchen von Buzens Exe Hilde

Weiter geht´s im nächsten Band:

Erscheint am 19. Dezember 2022